La Química Del
AMOR

UNA GUÍA PARA UN MATRIMONIO SALUDABLE

DR. EDISON DE LEÓN

Nuestra Visión

Alcanzar las naciones llevando la autenticidad de la revelación de la Palabra de Dios, para incrementar la fe y el conocimiento de todos aquellos que lo anhelan fervientemente; esto, por medio de libros y materiales de audio y video.

La Química del Amor

ISBN – 1-59900-161-6
Primera Edición 2020

Portada y compaginación: Esteban Zapico
Corrección: Lidia Zapico
Citas bíblicas tomadas de la Reina – Valera 1905

Categoría: Consejería – Matrimonio - Familia
Impreso en los Estados Unidos
Made in USA

Índice

Capítulo 9

El Verdadero Amor   283

Introducción

El amor es el sentimiento más puro y noble que una persona puede experimentar, a la vez es la sensación más extraordinaria. Es un sentimiento capaz de unir la parte más interna con la parte más externa o la parte más espiritual con la parte más carnal de una persona. Si bien es cierto que es el sentimiento más bello que existe, también puede desencadenar los conflictos y problemas más grandes en las vida del ser humano; las mismas personas que te hacen feliz hoy, después de un tiempo, te pueden hacer la vida más desdichada.

Como especialista en Andrología y Sexología diariamente en mi práctica veo personas que consultan por problemas relacionados con la sexualidad y a lo largo de los años he visto patrones que se repiten en la vida íntima que derivan precisamente de problemas relacionados con el amor. Si bien es cierto muchos de estos casos están relacionados con enfermedades tales como la diabetes, enfermedades cardiovasculares y otros por la edad (que a nadie perdona), también veo casi en todos los casos un componente asociado y es que las personas han dejado de admirar o de estar enamorados/as de las personas con quienes se juraron la famosa frase "hasta que la muerte nos separe".

Además, de médico en mi congregación, tengo el privilegio de servir en el cargo de anciano y como es de esperarse también he encontrado problemas muy similares entre los cristianos. La relación sana de la familia y sobre todo el vínculo matrimonial es lo que el enemigo ha atacado desde el inicio, y esto es desde la primera tentación. El tema de las relaciones entre parejas y matrimonios en las iglesias son abordadas con poco o ningún conocimiento, con mucho pudor y temor, con multitud de tabúes y creencias; teniendo en cuenta que creemos (amparados por la Biblia) que el matrimonio es indisoluble. Los temas que tratare en este libro cobran mucha más importancia.

La tasa de divorcios de Latinoamérica está aumentando en casi todos los países; sin embargo, este aumento es mayor, tomando proporciones exageradas, en el continente europeo. Según *Business Inside,* las tasas de divorcio más altas se dan en Portugal 68%, Hungría 67%, la República Checa 66% y España 61%. Pero Bélgica se lleva el primer lugar con una tasa del 70%. En cuanto a Latinoamérica, el país con menos divorcios -de todo el mundo- es Chile 3%, mientras que en Ecuador el porcentaje de divorcios llega al 20%, en Guatemala al 5%, en México al 15%, en Panamá al 27%, en Brasil al 21% y en Venezuela al 27%. Lo anterior me ha inspirado e incluso veo la necesidad de escribir este libro, en el cual abordare desde un punto de vista científico "el amor", sin perder de vista en ningún momento lo que la Biblia nos enseña al respecto. Veremos las reacciones químicas del enamoramiento; la diferencia entre enamoramiento y verdadero amor, los factores que hacen que las parejas pierdan atractivo y lo que es peor pierdan el amor. Analizaremos los lazos y armas que el enemigo está usando para destruir los hogares y para afectar la institución divina del matrimonio. Este libro confrontará a muchos, será reflexivo para algunos e informativo para otros. Pero sobre todo el hecho de exponer los problemas que para muchos son conocidos, crea la responsabilidad de intentar ofrecer soluciones a dichos problemas, aunque por un lado sé que es una loable labor, por otro sé que con la ayuda de Dios y la inspiración divina primeramente; el conocimiento científico, mi experiencia clínica y ministerial en el tema, podré ayudar aunque sea en una mínima parte a que los lectores entiendan desde su base cómo funciona el amor; como lo podemos mantener, como se puede destruir, aunque a veces sea una tarea imposible para los hombres, (entiéndase hombre como género humano) como se puede restaurar, sobre todo con la ayuda del consejo divino. Si bien es cierto el libro está sobre todo enfocado a los matrimonios, el entender "la química del amor" ayudara también a jóvenes a buscar y elegir sus parejas; también para que los matrimonios nuevos, trabajen desde ya, para evitarse futuros problemas.

Hemos de tener en cuenta que el matrimonio y el amor es cosa de dos, por eso creo que es un libro que deben leer tanto hombres como mujeres. Mientras desarrollemos los temas iremos entendiendo, a decir verdad, cuando se trata de relaciones matrimoniales que ambas partes se culpan, sin embargo, es habitual ver como se tiende a echar la culpa el uno al otro, mientras ponen mil escusas o dos mil pretextos, con tal de llevar la razón.

Creo que este libro será una fuente de muchas discusiones y quizá tenga críticos que se opongan a lo que aquí escribiré, ya que es un tema muy controversial, pero intentaré llevar de la mano el conocimiento científico del amor y las relaciones con lo que la Biblia nos enseña al respecto, utilizando un lenguaje coloquial e ilustrativo hasta donde el tema lo permita. Espero que disfrutes de la lectura de este libro, sobre todo que te sea de bendición y ayuda para que puedas poner en práctica los consejos que aquí te daré.

Un abrazo. Dr. Edison De León.

- 1 -

La Primera Pareja

¿CÓMO PODRÍAMOS HABLAR DEL AMOR, SIN HABLAR DE LA PRIMERA PAREJA QUE EXISTIÓ?

Paseaba Adán por el Edén, ponía nombre a todos los animales, se enseñoreaba de ellos, mientras veía las maravillas de la creación, las flores, los ríos, la vegetación, los mares, las bestias del campo; seguía corriendo una mariposa que por ahí pasaba haciendo movimientos oscilantes y vacilantes. ¡uff! decía, me he cansado y se recostaba en la grama mientras miraba el cielo los arreboles de las nubes. Imagínate la dicha que tenía, ya que podía pasar muchas horas viendo las nubes pasar, observando como el sol salía con majestad, esos atardeceres llenos de colores cálidos, mientras el sol se escondía en el horizonte y la asombrosa luna hacía su aparición, los cielos despejados sin la contaminación de hoy en día, le permitían ver las estrellas y admirarlas, de pronto una luciérnaga parpadeaba incandescentemente e iniciaba el recital de luces en la oscuridad, donde los grillos y todos los insectos emitían sus sonidos, acompañado de todas las criaturas de la creación, solo de pensarlo disfruto de esa paz en la que estaba sumergido Adán.

¿Cuánto tiempo pasó así? Realmente no lo sabemos, lo cierto del caso, es que, pese a tan genial compañía, Dios nuestro creador se dio cuenta que a Adán le hacía falta algo, que no era suficiente todo lo que tenía en el Edén "...: *mas no halló ayuda que estuviese idónea para él. Y Jehová Dios hizo caer sueño sobre Adán, y se quedó dormido: entonces tomó una de sus costillas, y cerró la carne en su lugar; y de la costilla que Jehová Dios tomó del hombre, hizo una mujer, y trajo al hombre".* Gen. **2:20-22.**

Cuando leo este pasaje bíblico siempre recuerdo mi profesión, soy Urólogo y cuando operamos un riñón hacemos una incisión llamada lumbotomía en la cual extraemos la duodécima costilla y pienso: "Dios hizo la primera lumbotomía" ¡que risa!, pero bueno, dejando de lado este comentario, quisiera que leas el pasaje siguiente y te sumerjas en los sentimientos y emociones que Adán está expresando en él : *"y dijo Adam: Esto es ahora hueso de mis huesos, y carne de mi carne: ésta será llamada varona, porque del varón fue tomada"* Gen. **2:23**.

En este pasaje podemos ver como las hormonas, los neurotransmisores del amor están actuado en Adán, ¡sí!, Adán está enamorado, ha caído ante los encantos de Eva y está tan emocionado que expresa a su manera cuanto la quiere. En nuestros tiempos esto sería algo así como una poesía que yo me imagino de esta manera:

"Oh, preciosa Eva, deja que de tus labios beba. Eres

tan hermosa, sonriente y graciosa. Has salido de mí, gracias doy a Dios que te puso aquí. Mira tu cabello tan sedoso y bello. Aun no salgo del asombro y pienso y pienso como te nombro. Te llamaré Varona y te pondré una corona. Saliste de mis huesos, tomada de mi, confieso que mi ser está que arde".

Bueno, dejando atrás mi talento reprimido de poeta (risa), lo cierto del caso es que Adán estaba admirado y en total conmoción de ver a la hermosa Eva y es que no era para menos, después de haber estado por varios días con las bestias del campo, Eva lo impactó. Ahora bien, ¿por qué te digo esto? Porque es algo similar a lo que tú en algún momento sentiste cuando te enamoraste por primera vez, seas hombre o mujer. Esto fue lo que sentiste cuando las miradas se cruzaron, (si es que te casaste con él o ella). Quisiera que te detuvieras un poco y pensaras y de ser posible anotaras esa primera vez que te viste con tu esposo o tu esposa, esa vez cuando las mariposas revoloteaban en tu vientre, trae a memoria ese cruzar de miradas, esa búsqueda incesable del ser amado cuando estabas en una reunión. Tus ojos solo tenían una dirección, tus sentidos se ponían en alerta, tu mundo se hacía tan, pero tan pequeño, que solo existía él o ella.

Recuerda que ropa traía puesta, esa sonrisa que te cautivo, ese momento en que por primera vez hablaron, trae a memoria como te palpitaba el corazón, como te sudaban las manos, como por más que lucharas contra ello, te ponías rubicundo, la torpeza se apoderaba de ti e incluso no sabias ni cómo actuar.

Los neurotransmisores y hormonas que generaste a causa de aquella persona fueron la causa. Intentaré en breves palabras explicar cómo funcionan estos mecanismos y es de mucha importancia aclararlo porque el objetivo de este libro es ayudarte a reproducir de alguna manera esa química. Sí, has leído bien, me refiero a "química", porque tanto el amor y sobre todo el enamoramiento, son una reacción química que necesitas entender. Aunque hay muchas cosas que aún son objeto de investigación, hay varias que ya se conocen. En esta materia no se puede dar por sentado nada, aunque el comportamiento social e interactivo del ser humano ha sido muy estudiado en los últimos años.

Aunque no es el propósito de este libro intentaré describir brevemente el funcionamiento de los neurotransmisores y sustancias que actúan en la química del amor. Dentro de estas sustancias tenemos las más importantes: la Serotonina, la Dopamina, la Oxitocina y la adrenalina, entre otras las cuales actúan individual y conjuntamente para producir ese placer y bienestar que se produce cuando se está enamorado.

La expresión usada por Adán, es una expresión de asombro y felicidad, estoy seguro en que la secreción de **Serotonina** está teniendo su efecto, este es llamado el neurotransmisor *de la felicidad*, actúa sobre las emociones y el estado de ánimo, provoca el bienestar, genera optimismo, buen humor y sociabilidad. Desempeña un papel positivo muy importante para el control de la ira y la agresión, y es fundamental para tener tolerancia. Cuando una persona es feliz, es más difícil ser estimulado por estímulos negativos, ve todas las cosas desde el punto de vista optimista y es más probable que pueda manejar momentos de estrés de una mejor manera. La razón por la que esto sucede es porque la serotonina se está generando sobre todo cuando recibes respeto, aprobación, estatus y admiración.

En parte, nuestros padres se han encargado de hacer que se genere serotonina, ya que desde pequeños estamos siendo adulados por ellos, crecemos con ese sentir de admiración, posición y aprobación. A lo largo de la vida estamos buscando (sin saberlo) que se genere este neurotransmisor, que nos ayude a sentirnos aprobados, aceptados y a tener respeto, por los demás. Esto hace que las personas busquen generalmente personas de mayor estatus o posicionadas para que la sed de aprobación sea mayormente saciada, por supuesto esto es algo que hace de manera inconsciente. Al estar enamorado se logra poder tener una alta dosis de serotonina, la persona se siente admirada, aprobada, con un alto estatus, por lo tanto se siente feliz. Esto es similar a lo que sentías, aunque no lo recuerdes o no lo asocies quizás, cuando mamá te decía: "eres la más linda, eres el más guapo, cuando papá te decía eres la princesa más bella o te decía eres un campeón", si

15

eres mujer u hombre respectivamente. Sin embargo es importante saber, que la secreción de estos neurotransmisores también pueden llegar a causar adaptación o habituación, es decir, que una persona que en un inicio te provocaba o a la que tu provocabas la elevación de dicho neurotransmisor, (así como también el resto de neurotransmisores y hormonas que estudiaremos más adelante), un tiempo más tarde ya no te provoque o no le provoques lo mismo, y entonces, se quiera experimentar dosis más altas de dicho neurotransmisor, las cuales tu ya no le produces a tu pareja o ya no te producen a ti; esto es debido a que sucedió la adaptación. De ahí que las parejas empiezan a ser más exigentes y a pedir más y más a sus cónyuges o lo que es peor y catastrófico, buscar esa generación de serotonina en otra persona.

Como dije antes cuando eres feliz, cuando te sientes aprobado, cuando te sientes aceptado, cuando sientes estatus es más fácil la tolerancia.

No podemos cerrar los ojos ante los problemas que están sucediendo frente a nosotros y no dar una voz de atalaya, ¿enseñarás lo que no entiendes? ¿Cómo ayudarás a las parejas si tú mismo necesitas conocer todos estos temas?

Es importante que entiendas que la fuente de la felicidad, jamás debería ser una persona, ni cosas materiales, debes buscar la felicidad dentro de tu interior, esa felicidad que solo Dios es capaz de dar. Menciono esto porque el descenso de la serotonina tiene que ver con estados depresivos, en donde la autoestima es golpeada, de hecho, el mecanismo de acción de los antidepresivos es mejorar los niveles de serotonina, de tal manera que no sientas mucha tristeza y tu estado de ánimo mejore.

La *Fluoxetina* llamada "la droga de la felicidad" es el antidepresivo más vendido en Estados Unidos y es encargado de la recaptación de *serotonina*.

Cuando se tiene experiencias o pensamientos positivos aumentan los niveles de serotonina. En cambio, los pensamientos desagradables, las malas noticias e incluso el hablar de cosas tristes, dolorosas, o preocupantes inhiben la síntesis de serotonina.

La palabra de Dios es el mejor antídoto para esos estados depresivos, ya que ella está llena de palabras que nos impulsan, que nos animan, que nos motivan. El consejo de Dios a Josué era: *"El libro de esta ley, nunca se apartará de tu boca: antes de día y de noche meditaras en él, para que guardes y hagas todo lo que en él está escrito: porque entonces harás prosperar tu camino y todo te saldrá bien"* **Jos. 1:8**. El hecho de decir que no se aparte de tu boca, significa que debes estar constantemente declarando en voz alta esa palabra.

Repetir la promesa que Dios hace a Josué: *"Nadie te podrá hacer frente todos los días de tu vida: como yo fui con Moisés, seré contigo; no te dejaré, ni te desamparare. Esfuérzate y se valiente: porque tu repartirás a este pueblo por heredad la tierra, de la cual juré a sus padres que le daría a ellos."* **Jos. 1: 5-6.**

Te preguntarás: ¿qué tiene que ver esto con el amor? Tiene que ver con el amor propio, con autoestima, con la plenitud que debes alcanzar en Cristo. Tú debes ser feliz con o sin alguien, con o sin nada, porque en ese momento podrás hacer feliz a tu esposa o a tu esposo y a tu familia. Una persona positiva contagia su positivismo a las personas que le rodean, generando serotonina de la verdadera fuente de la felicidad que es Cristo Jesús, tú podrás contagiar de esa felicidad a las personas más hostiles y pesimistas. Por otro lado, una persona depresiva, negativa, pesimista también es capaz de contagiar e intoxicar a las personas que le rodean en cuestión de segundos.

El saber esto, debería impulsarte a una mejora constante, pues como he explicado el hecho de saber que tu pareja crece, que se supera y que tiene una mejora constante tendrá un efecto positivo en la vida de pareja. Como veremos más adelante, ...

...la mayoría de las parejas viven vidas monótonas, sin ningún propósito en común, sin nuevos sueños, sin nuevas experiencias y es precisamente esta monotonía la que acaba por apagar las llamas del amor.

Además, de la serotonina también hay otros neurotransmisores como por ejemplo la **Dopamina** que causa el efecto de placer o recompensa. La secreción de Dopamina está ligada al sistema de recompensas inesperadas. Por ejemplo, cuando ganamos y recibimos un premio hay una liberación de esta sustancia lo cual nos hace buscar nuevamente comportamientos similares que nos den esa descarga *dopaminérgica* que una vez experimentamos. De hecho, esta sustancia es secretada cada vez que una persona gana en los juegos electrónicos o las máquinas tragamonedas de los casinos y es precisamente la que hace adictivos estos juegos. Es decir, las personas que experimentan una sensación de placer por ganar o sentir una recompensa se harán adictos a esta recompensa y siempre buscarán la recompensa.

En la actualidad hay algo que está haciendo muy adictivas a las personas mediante la estimulación del sistema de recompensas, esta nueva forma de generar adicción a la dopamina, aunque sea en pequeñas dosis son las redes sociales (Facebook, Instagram, WhatsApp, Twitter, correo electrónico, entre otras), ya que vuelven adictas a las personas a una gratificación o recompensa momentánea, que ofrece el recibir una notificación de una persona o una buena noticia.

Al recibir un mensaje se generan pequeñas descargas *dopaminérgicas* que pueden hacer adicta a una persona estimulando el sistema de recompensas.
Se sabe que una persona normal desbloquea su teléfono un

promedio de diez veces al día, entre ochenta y cien veces, llegando a cifras escandalosas en una persona adicta quien puede llegar a hacerlo hasta más de novecientas veces al día. Debido a esta adicción muchas personas se accidentan y otras dejan de hacer sus actividades de la manera correcta. El concepto de adicción es el hábito o afición desmesurada a alguna sustancia o alguna cosa, que interfiere con la vida cotidiana de las personas haciéndolas inefectivas.

Pero volvamos a Adán y al amor, podemos ver que la dopamina está siendo liberada, ya que Adán está teniendo una recompensa muy inesperada, él se siente plenamente satisfecho y está experimentando un placer que jamás pudo encontrar en los animales del Edén. Su sistema de recompensa estaba siendo totalmente estimulado y expresa quizá con cierta euforia "*esto es hueso de mis huesos y carne de mi carne*". Bien con esto podríamos entender ahora que cuando te enamoras tu sistema de recompensa se ve estimulado, cuando tú le escribes a tu pareja y te responde, cuando llamas y hablas con la persona a quien amas, te sientes recompensado y eso da descargas *dopaminérgicas* que hasta cierto punto te hacen adicto a aquella persona.

Debido a esa gratificación y reitero, a la búsqueda de aceptación, en todo momento tu querrás obtener una y otra vez esa recompensa.

Lo cual te hace buscar aquella persona o más bien aquella sensación de placer, bienestar o recompensa la cual tú o tu cerebro liga a aquella persona. Por otro lado, cuando no tienes esa recompensa te desesperas y te vuelves loco o loca buscándola y si no la encuentras viene la abstinencia, obsesión, el anhelo desmedido de esa sensación de placer. En el caso del amor es el tan mencionado "mal de amores".

La supresión de las descargas *dopaminérgicas* y el denominado mal de amores.

Bien entonces las neuronas de dopamina parece que hacen una especie de patrón que predice los resultados y nos hace alejarnos de aquellas cosas que nos han dado malos resultados o no nos han dado la recompensa deseada y a buscar los comportamientos que dieron lugar a aquellas recompensas. En parte esta es la fisiología de la adicción a los juegos de azar, máquinas tragamonedas o todo juego en el cual tengas anticipado que podrías ganar u obtener alguna recompensa.

Ahora bien, algo que debemos tener claro sobre todo en los matrimonios, es que en el amor esta reacción química, al igual como explique cuando hable sobre la serotonina tiene una adaptación y aquellas miradas que antes eran el todo para que una descarga *dopaminérgica* tuviera lugar, se vuelven un estímulo más y aunque sé que suena triste y pesimista es la cruda verdad. Sé que lo que diré a continuación sonara un tanto osado y atrevido, pero de ninguna manera irrespetuoso, ni irreverente, ahí te va: No sabemos cuánto tiempo paso desde que Adán conoció a Eva hasta que fue la tentación, lo cierto del caso es que vemos a un Adán que unos versos atrás estaban diciendo *"esto es hueso de mis huesos y carne de mi carne"* ahora dice: *"la mujer que me diste"* ¿te suena? ¿verdad que no? Bueno, veamos esto un poco más claro: se casa una pareja, y cuando se casan todo es felicidad (por lo menos la mayoría), es algo así, como que son hueso de sus huesos y carne de sus carnes, pero pasados unos años o incluso para algunos solo es cuestión de meses, oír a las parejas exclamar casi lo mismo, pero en versión moderna: -"en qué momento me casé contigo"…-"no sé qué estaba pensando"… -"bien lo decía mama", -"bueno un poco de drama o salsa a los tacos no queda mal". No digo que sean todos los matrimonios ya que por dicha existen parejas que nunca se han dicho eso, pero tristemente la gran mayoría sí.

Como anciano de mi iglesia te digo que a menudo escucho los casos de matrimonios, dentro de nuestras congregaciones sufriendo precisamente el relato que acabo de citar. Pero lo más celebre es que en la iglesia levantamos nuestras manos "sin ira ni contienda". No, no estoy criticando esto, aunque de ninguna manera es lo correcto, simplemente lo traigo a memoria, porque tenemos que ser conscientes que estos procesos están ocurriendo, los creamos o no y que los casos que vemos son el vivo ejemplo de que lo que digo es la verdad. Entonces; ¿Qué sucedió?, lo que pasó fue que todo llegó a una adaptación y a ser habitual, el sistema de recompensa ya no se activó más o no lo suficiente.

Ahora entendamos que Dios dejo la Biblia escrita en figura para nuestra enseñanza, aprendamos también de esta lección.

El propósito de este libro es ayudar a los matrimonios a estabilizar sus hogares y sus familias y no lo haremos si no aprendemos lo que Dios dejó como enseñanza. En los capítulos posteriores intentaré explicar y dar algún tipo de solución a dicha adaptación, pero es importante primeramente que conozcas los mecanismos que están involucrados ya que si lo haces podrás con más facilidad entender cuáles son las cosas o las acciones que podrían ayudarte a mejorar tu relación conyugal.

OXITOCINA

La *oxitocina*, es conocida como la hormona del amor, aunque sus funciones no están del todo conocidas, se cree que es la hormona que nos vincula y da la confianza con los demás, encargada de las conductas pro sociales, es la que da el sentido de pertenencia o de propiedad, es la hormona que logra el apego. Es segregada durante las relaciones sexuales, en el parto y sobre todo en la lactancia, es la que crea el vínculo entre la madre y su hijo. Es encargada de los sentimientos tales como la empatía, la caridad, la generosidad, la amistad y el altruismo. Cuando estamos enamorados y sentimos esas sensaciones de pasión caótica, es precisamente la *oxitocina* que actúa como un gran desinhibidor, es decir, que hace hacer cosas que jamás harías en tu sano juicio. Algunos investigadores dicen que su efecto es similar al que provoca el alcohol. La *oxitocina* ayuda a confiar a no tener miedo. También se le ha llamado la hormona de la humanidad porque es la encargada de gestionar los sentimientos de compasión, cariño y generosidad. En el reino animal esta hormona es encargada de que una madre pueda defender con su propia vida a sus crías. Algo similar ocurre entre las relaciones de mascotas y humanos lo cual ha sido estudiado sobre todo en el afecto de perros a sus amos y viceversa.

Estudios más recientes concluyen en que la *oxitocina* también se encarga del interés en la información social y el interés para interactuar con nuestro ambiente, es decir crea esa conexión para sentirse parte del todo.

Sabiendo esto, y volviendo a nuestra primera pareja, es probable que el contacto con los animales del huerto había provocado cierta liberación de *oxitocina* en Adán, sin embargo, el contacto íntimo que tuvo con Eva fue el mayor responsable del vínculo que hubo entre la primera pareja de la humanidad.

El contacto, las caricias, los abrazos, el tomarnos de la mano son acciones que liberan *oxitocina*.

Lamentablemente con el tiempo la mayoría de las parejas deja de hacer esto y por esto el apego y la conexión se va perdiendo. Recuerda que el objetivo de este libro es intentar traer soluciones a los matrimonios. Sin embargo, es necesario que ambas partes, es decir, hombres y mujeres estén conscientes de este conocimiento.

Es imposible que una pareja que discute todo el día o parejas que discuten por cosas sin sentido logren generar liberación de *oxitocina* y por consiguiente aparecerá el desapego y la frustración. Las parejas deben dejar de reñir y pelear y manejar mejor las emociones negativas (que no son más que frutos de la carne) ya que estas destruyen las relaciones. Después de 5 años de matrimonio las estadísticas demuestran un descenso drástico en la frecuencia coital, lo cual es directamente proporcional a la liberación de *oxitocina*. La aparición de los hijos muchas veces es lo que causa este distanciamiento entre las parejas, ya que toda la atención se centra en los niños y son ellos quienes nos provocan la liberación de *oxitocina* y empezamos a sentir más placer acariciando y jugando con ellos que con nuestras parejas, por eso el llamado aquí sobre todo a las parejas jóvenes es que no descuiden esta área en sus matrimonios.

TESTOSTERONA, FENILETILAMINA Y ADRENALINA

Estas actúan sobre todo en la fase de atracción o sea en

las primeras fases del enamoramiento. Por su lado la **testosterona** aumenta la libido y la atracción sexual entre las parejas tanto en hombres como en mujeres y junto a los estrógenos hace que aumente el deseo sexual, para que el deseo sexual se mantenga es necesaria la producción de estas hormonas. Veo a menudo en la clínica pacientes que llegan consultando por falta de apetito sexual y al hacer mediciones hormonales encuentro que las mismas están bajas. Tanto en la menopausia (en la mujer) como en la andropausia (en el hombre) estas hormonas pueden ser las causantes de la disminución del deseo sexual.

La **feniletilamina** hace que nos activemos, promueve la liberación de *dopamina, oxitocina* y *adrenalina* y norepinefrina. La cual nos causa la alegría y regocijo. Por su lado la **Adrenalina** es la que causa que en las fases iniciales del enamoramiento nos suden las manos, el corazón palpite más fuerte, respiremos más rápido y profundo, en fin, que nos pongamos nerviosos, en resumen, es como cuando decimos: ¡"allá está"! con mezcla de nerviosismo y euforia respectiva, ¿lo recuerdas?

Cuando eres feliz, cuando te sientes aprobado, cuando te sientes aceptado, cuando sientes estatus es más fácil la tolerancia.

No podemos cerrar los ojos ante los problemas que están sucediendo frente a nosotros y no dar una voz de atalaya y es que, a decir verdad, ¿cómo darás voz de alerta? ¿Cómo ayudarás a las parejas si tú mismo necesitas conocer todos estos temas?

Este repaso breve y conciso sobre los neurotransmisores del amor fue necesario para que empieces a entender los procesos fisiológicos que median en el amor y para que empieces a entender dónde pueden estar las fisuras que están fragmentando tu matrimonio para tomar medidas al respecto. Claro no todo es tan fácil, pero seguramente este conocimiento te ayudará a entender más.

MÁS QUE CONCEPTOS

Lo que más hemos escuchado en cuanto al amor, es lo básico, que no dejan de ser conceptos filosóficos definidos y utilizados desde la antigüedad, como lo son el amor *Ágape, Phylos, Storge y Eros* utilizados por algunos o el Amor **altruista o Egoísta** utilizados por otros y aunque esto no es el propósito de este libro, describiré brevemente a que se refiere cada uno de ellos.

Amor *ágape*

Este es un término griego utilizado para describir un tipo de amor incondicional y reflexivo, en el que el amante solo tiene en cuenta el bienestar del ser amado. Aunque ha sido utilizado por los cristianos para describir el amor de Dios, el amor sacrificial, realmente este término no tiene una connotación religiosa. Filósofos como Platón lo utilizaban para describir el amor universal en contraposición al amor personal. A este tipo de amor algunos le han llamado también **amor altruista,** ya que como sabemos el altruismo es el acto de amar y dar incondicionalmente, sin esperar nada a cambio. Al respecto se dice que cuando se cita el verso: *porque de tal manera amó Dios al mundo que ha dado a su hijo unigénito para que todo aquel que en el crea no se pierda mas tenga vida eterna. Juan 3:16.* Se dice que este tipo de amor es el amor *ágape, es* decir el amor divino. Para los primeros cristianos *Ágape* también significaba una comida en común que es el significado que se le da en la actualidad.

Amor *phylos*

Al igual que el amor ágape, es un término griego, es utilizado para describir el tipo de amor de amistad, amor fraterno, el término también se utiliza como la intención de ver el bien común. El amor *phylial* es el amor que se da entre amigos, entre compañeros de trabajo, entre miembros de congregaciones, poblaciones o comunidades. Se distinguen 3 tipos de amor *philial: Philia* basada en las ventajas mutuas (amor de lo que es útil). En el placer mutuo (amor de lo que es placentero). En la admiración mutua (amor de lo que es bueno).

Amor *storge*

Los griegos clasificaron como *Storge* al amor fraternal o entre hermanos, amistoso y comprometido. Es un amor que se crece a lo largo del tiempo y se relaciona con las relaciones familiares y de amistad, por ello se caracteriza por ser un amor leal e incluso, protector. Storge es un amor que implica tiempo, que las personas emplean para conocerse y, gran compromiso. A diferencia del amor Eros, este no es pasional ni impulsivo y se puede dar entre personas o personas y mascotas. Un ejemplo de este tipo de amor es el de una amistad que se ha ido construyendo poco a poco a través de los años y en la cual se destaca el compromiso y lealtad de los amigos. También se puede mencionar las demostraciones de cariño entre familiares.

Amor *Eros*

Más que un término, esta palabra se refiere en la mitología griega al dios de la sexualidad y la fertilidad, su equivalente Romano era Cupido que también significa amor. Sin embargo, es frecuente como esto es citado como otro tipo de amor (amor pasional o erótico para ser exacto) cuando en realidad no lo es. Este es un término que utilizaron más filósofos como Platón, Sócrates y Aristóteles quienes en sus escritos hacen referencia en muchas ocasiones a este término refiriéndose a un tipo de amor. En su contraste vemos que en la Biblia no es mencionado este tipo de amor y aunque parezca redundante se debe a que no es un concepto si no una deidad pagana. En su contraste la palabra *Ágape* es utilizada doscientos cincuenta veces en la Biblia. Tanto Jesucristo como los apóstoles hacen referencia al amor a ese amor incondicional, ese amor inmerecido y altruista, que se da sin esperar nada a cambio.

La Primera Pareja

Otro concepto de amor es el **amor egoísta** en el cual el amante ha entregado totalmente sus sentimientos a la otra persona de tal manera que siente que le pertenece en términos de propiedad.

Aunque casi no se oye hablar de este tipo de amor es el que actualmente rige a la mayoría de las parejas, un amor egoísta en donde muchas veces la libertad de la otra persona es puesta en duda.

Este sentido de pertenencia es el mismo por el cual vemos tantos casos de celos enfermizos y causa de pleitos, iras, contiendas y malos tratos. Una persona enamorada al ver que no es correspondida utiliza mecanismos de defensa donde la impotencia de no ser correspondido da como resultado insultos o maltrato psicológico y lamentablemente muchas veces hasta golpes.

Ahora que conoces los mecanismos y la química del amor, podremos estudiar con mayor facilidad el porqué de los fracasos matrimoniales y las posibles soluciones para los mismos, te invito a que sigas descubriendo este fascinante mundo de las relaciones interpersonales y sobre todo en los siguientes capítulos te enseñaré lo que la Biblia nos dice acerca de este tema evidenciando que el conocimiento divino excede al conocimiento humano.

- 2 -

Psicología
Sexual

En este capítulo estudiaremos desde el punto de vista científico, los factores que causan atracción a los hombres y a las mujeres y los compararemos con lo que la Biblia nos enseña al respecto. Te sorprenderás como la ciencia simplemente ha confirmado los principios de la palabra de Dios.

El no conocer y entender que los hombres y las mujeres son atraídos por cosas distintas a traído caos y confusión a las parejas, pues las mujeres quieren cambiar las conductas de los hombres pensando como mujeres y los hombres quieren cambiar las conductas de las mujeres pensando como hombres.

Después de que Dios formó al hombre y a la mujer les dio un mandamiento o tarea:

Y crió Dios al hombre a su imagen, a imagen de Dios lo crio; varón y hembra los crio. Y los bendijo Dios; y dijoles Dios: FRUCTIFICAD Y MULTIPLICAD, Y ENCHID LA TIERRA, y sojuzgadla, y señoread en los peces de la mar, y en las aves de los cielos y en todas las bestias que se mueven sobre la tierra. Gen. 1:27-28. (énfasis mío).

Este verso es muy importante para lo que estudiaremos en este capítulo, y no quiero que por ningún motivo te olvides que la primera misión que el hombre tuvo era: *fructificar y multiplicar, y henchir la tierra,* es decir, la procreación y la perpetuación de la especie humana. Por lo tanto, aunque no lo creas ese propósito está muy dentro de ti, de tal manera que cuando te enamoras, cuando buscas a tu pareja o para los que ya están casados cuando buscaste a tu mujer, aunque conscientemente no lo haces o no lo piensas, en el fondo toda tu programación está buscando la mejor pareja que satisfaga este propósito. El propósito divino es que un hombre y una mujer se junten para cumplir con la reproducción.

En primaria una de las muchas lecciones es: los seres humanos nacen, crecen, **se reproducen** y mueren. El desorden, la falta de conocimiento de la palabra de Dios y la falta de temor a Dios con el que vive la sociedad actual, hacen que este principio sea violado y las parejas se unan y se separen tan fácil como decir dos y dos son cuatro, negándose a procrear. Esta misma falta de conocimiento y temor a Dios han hecho que hoy en día existan muchos métodos anticonceptivos y muchos jóvenes y señoritas tienen relaciones sexuales desordenadamente y sin intenciones de tener una relación estable y duradera.

Hablar de virginidad es casi estar aventurándose a ser atacado y ser objeto de burla.

Pese a todo lo anterior, la razón por la cual un hombre y una mujer se enamoran obedece a sus instintos más primitivos y a la programación dada por Dios desde el principio. Es decir, un hombre y una mujer se enamoran porque en el fondo ven en esa pareja alguien con características dignas para la procreación. Los que estamos casados podemos recordar como empezamos a idealizar a nuestras parejas y a soñar despiertos en cómo sería nuestra vida con nuestra mujer y les aseguro que al igual que yo todos pensábamos como serian nuestros hijos.

Los jóvenes que en la actualidad viven un noviazgo seguramente también idealizan a sus parejas y si estas no cumplen con los criterios que inconscientemente buscan, terminan la relación. Este que acabo de compartir no es un conocimiento empírico, es un conocimiento científico, múltiples de estudios de centros que se dedican a la investigación de las dinámicas sociales han concluido lo anteriormente expuesto.

Bien sin más preámbulo veamos qué características busca un hombre en una mujer y que características busca una mujer en un hombre.

¿QUÉ BUSCA UN HOMBRE EN UNA MUJER?

Cuando un hombre elige a una mujer lo que ve en ella, es sobre todo características físicas, es decir, el hombre es visual. Busca belleza, elegancia, personalidad, figura, fuerza y juventud. Busca una chica sana y hermosa quien pueda darle una descendencia fuerte y bella, en mi país existe el término "mejorar la raza"; (como este libro está sobre todo orientado a personas casadas espero que las mujeres vayan captado el mensaje).

Una vez casadas el afán de la casa o de las tareas domésticas hacen que muchas de ellas descuiden su apariencia física, el paso de los años y los embarazos hacen que vaya perdiendo su figura.

A menudo escuchamos frases tales como: -*¡si me quiere que me quiera como soy!,* lo cual es un error. Quiero recordarte que una de mis especialidades como médico es la sexología y no te estoy hablando de un conocimiento que he adquirido empíricamente, es un conocimiento científico. Pero si no quieres creer a lo científico, te traigo el ejemplo claro de lo que digo es cierto, viéndolo desde el punto de vista bíblico.

En el libro del Cantar de los Cantares de Salomón la Biblia nos ofrece una luz al respecto. Antes de seguir con la lectura de este libro te remito a que leas el capítulo 4 de Cantar de los Cantares.

Bien, ¿ya lo has hecho? No es el propósito de este libro entrar en la interpretación espiritual, ni profética del pasaje, si no más bien, me quiero centrar en la parte literal, como entenderás la palabra de Dios es tan grande y amplia que un mismo pasaje puede darnos muchas enseñanzas. Entonces como te pudiste dar cuenta el verso inicia con la siguiente declaración:

- *He aquí tu eres hermosa, amiga mía; he aquí tu eres hermosa;* luego continua con la descripción de cada una de las características físicas y por si no lo leíste en tu Biblia te lo dejo a continuación,
- *Tus OJOS entre tus guedejas como de paloma; Tus CABELLOS como manada de cabras, que se muestran desde el monte de Galaad.*
- *Tus DIENTES, como manadas de trasquiladas ovejas, que suben del lavadero, todas ellas con crías mellizas, y ninguna entre ellas es estéril.*
- *Tus labios como un hilo de grana y tu HABLA es hermosa; tus SIENES, como cachos de granada a la parte adentro de tus guedejas.*
- *Tu CUELLO como la torre de David, edificada para muestra; Mil escudos están colgados de ella, todos escudos valientes.*
- *Tus PECHOS como dos cabritos mellizos de gama,*
- *que son apacentados entre azucenas.* Luego el verso 7 vuelve a replicar:
- *Toda tu eres hermosa amiga mía, y en ti no hay mancha.* Cantares. 4:1-7.

Después de la descripción poética de todas las características físicas que Salomón da de su amada, podemos ver lo enamorado que estaba de ella, lo cual la llama en los versos siguientes *"Esposa mía"*, denotando que dichas características prendieron su corazón y lo llevaron a desposarla.

De esta misma manera puedes seguir leyendo en otros pasajes del Cantar de los Cantares donde Salomón vuelve a mencionar características físicas de su amada. No digo que lo físico sea el 100 % pero sí es la primera impresión y el porcentaje mayor.

Además de físico, el hombre busca una mujer segura, líder y con deseos de superación.

SEGURIDAD

Es necesario que seas una mujer segura, porque la inseguridad siempre viene acompañada de baja autoestima y eso te hace presa fácil de los celos, tal cual se narra en el libro de Gálatas 5:20, tanto los celos como los pleitos, las iras y las contiendas son obras de la carne.

Muchas personas no dejan que el Señor se entrone en sus vidas y corazón, más bien se dejan influenciar por estos usurpadores.

Espíritus que gobiernan y rigen sus vidas, de tal manera, que actúan guiados por los celos, agrediendo verbal o físicamente, cometiendo errores de los cuales luego sufrirán consecuencias. Pero bien, decir esto no es nada más que redundar en la enfermedad, de ninguna manera quiero decirte la enfermedad que tienes, porque lo más probable es que tú ya sabes que la tienes, más bien lo que quiero es ayudarte a que puedas recibir la medicina para esta enfermedad. Quizá has oído miles de veces frases como "trabaja en tu autoestima", "tus vales mucho", "quiérete como a nada y como a nadie en el mundo", "repite: eres la/el mejor" y muchas más; sin embargo, haces esto y aun un poco más, pero sigues en el mismo estado de baja autoestima.

No quiero convertirme en un médico que le dice a su paciente: me parece que tienes una tos muy grave, y deberías tomar algo para la tos, porque si sigues con tos te va a ir muy mal, no quiero decirte: ¿has probado dejar de toser? (espero entiendas la metáfora), lo que quiero es enseñarte (y esto va tanto para hombres como para mujeres) a cómo lograr ser y no parecer, ser y no aparentar ser, enseñarte a pasar de decir soy la/el mejor a convertirte realmente en la mejor versión de ti.

Más adelante encontrarás el capítulo donde hablaré sobre **"las cosas por cambiar"** y te explicare lo que debes hacer para retomar una buena y sana autoestima, teniendo en cuenta el equilibrio que la palabra de Dios nos da y lo digo porque hoy en día, con el tema de la liberación femenina algunas mujeres han pasado de tener baja autoestima a tener una **sobre o hiper estima** y quiero decirte que todo desequilibrio va a dañar tu relación. Dios dejo estándar, Dios dejo mandamientos, estatutos y decretos que nos deben regir, tanto a hombres como a mujeres, porque en su palabra esta ese equilibrio que las parejas necesitan y quizá vale la pena recodar el pasaje de Efesios que dice: *Las casadas estén sujetas a sus propios maridos, como al Señor. Porque el marido es cabeza de la mujer, así como Cristo es cabeza de la Iglesia; y él es el que da la salud al cuerpo Efe. 5:22 y 23.*

Definitivamente el esposo debe contribuir a que la mujer se sienta segura y espero que los esposos aun continúen leyendo este capítulo, porque una de las formas en que tú puedes contribuir a la seguridad de tu esposa, es siguiendo lo que el mismo pasaje de Efesios sigue diciendo: *Maridos amad a vuestras mujeres, así como Cristo amo a la iglesia, y se entregó así mismo por ella (Efe. 5:25) Maridos amad a vuestras mujeres, y no seáis desapacibles con ellas. Col. 3:19.*

Existen muchos pasajes al respecto, pero a mi parecer hay uno que es el equilibrio: *Asimismo vosotras mujeres, sed sujetas a vuestros maridos; para que también los que no creen a la palabra, sean ganados sin palabra por la conversación de sus mujeres 1ª Pedro 3:1.* Mas adelante ese mismo pasaje dice: *Porque así se ataviaban en el tiempo antiguo aquellas santas mujeres que esperaban en*

Dios, siendo sujetas a sus maridos: Como Sara obedecía a Abraham, llamándole señor; de la cual vosotros sois hijas, haciendo bien, y no sois espantadas de ningún pavor. 1ª Pedro 3:5-6. El equilibrio es este: *Vosotros maridos, SEMEJANTEMENTE, habitad con ellas según ciencia, dando HONOR a la mujer como a vaso más frágil, y como a HEREDERAS JUNTAMENTE de la gracia de la vida; PARA QUE VUESTRAS ORACIONES NO SEAN IMPEDIDAS 1ª Pedro 3:7.* (Énfasis mío)

Independientemente de lo que tu esposo haga o no haga, quiero que aprendas a crecer y que adquieras una buena y sana autoestima y seguridad en ti misma. Es verdad que este libro está enfocado en ayudar a matrimonios, pero estos principios también son válidos para las jovencitas que tienen novios o que están en busca de su príncipe azul, pues la psicología del hombre es la misma sea joven o sea mayor, la evolución humana no ha logrado cambiar su genética y biología ancestral.

LIDERAZGO

Esta es una virtud qué te hará muy valiosa ante los ojos de tu esposo, pero hablamos de un liderazgo según Cristo, *Digo pues por la gracia que me es dada, a cada cual que esta entre vosotros, que ninguno tenga más alto concepto de sí que el que debe tener, sino que piense de si con templanza, conforme a la medida de fe que Dios repartió a cada uno. Romanos 12:3.*

El liderazgo que Cristo enseña tanto para hombres como para mujeres es el ejemplo y no el enseñoramiento.

El capítulo 20: 25-28 de Mateo nos deja claro que el liderazgo de Cristo no se basa en enseñorearse de los demás, sino más bien en el liderazgo del ejemplo y del servicio. La esposa y luego madre debe ser ejemplo a los hijos, ya que gran parte de la crianza de ellos le corresponde a la mujer, pues es con la madre con quien los niños pasan la mayor parte del tiempo o por lo menos es lo que en condiciones normales debería suceder, sin embargo, el desequilibrio de esta sociedad ha hecho que la enseñanza de muchos de nuestros niños, quede a merced de lo que le enseñan en la escuela o aprenden en la calle con los compañeros.

Pero siguiendo con el liderazgo de la mujer, la Biblia habla de varias de ellas que mostraron su virtud ¿mujer virtuosa quien la hallará? En el capítulo 31 del libro de los Proverbios nos narra el ejemplo de la madre del rey Lemuel y como ella aconsejaba a su hijo el rey, en el verso 10 dice lo siguiente: *¿Mujer fuerte (virtuosa) quien la hallara? Porque su estima sobrepuja largamente a la de piedras preciosas. El corazón de su marido está en ella confiado, y no tendrá necesidad de despojo Prov. 31:10-11.*

Vemos el papel crucial de la mujer en el hogar, en la enseñanza y ejemplo para sus hijos. Un ejemplo muy

La Química del Amor

ilustrativo de liderazgo en una mujer lo vemos en la historia de Débora en el libro de los Jueces: *Las aldeas habían cesado en Israel, habían decaído; Hasta que yo Débora me levanté, Me levanté madre en Israel. Jueces 5:7.*

Este no es en ninguna manera un liderazgo de señorío, es un liderazgo de ejemplo, cuando el temor había llegado a Israel y los varones no se levantaron, ella tomó la iniciativa de levantarse, sin embargo, la vemos en un gesto de sujeción sorprendente y admirable hacia el varón, pese a que el capítulo 4 de Jueces nos narra que en ese tiempo Israel era gobernado por una mujer profetiza (Débora) ella fue a Barac y le estimuló a que se levantara.

Y ella envió a llamar a Barac hijo de Abinoam, de Cedes de Nephtali, y dijole: No te ha mandado Jehová Dios de Israel, diciendo: ve, y haz gente en el monte de Tabor, y toma contigo diez mil hombres de los hijos de Nephtali, y de los hijos de Zabulon: Y yo atraeré a ti al arroyo de Cison a Sisara, capitán del ejército de Jabin, con sus carros y su ejército y entregarelo en tus manos? Y Barac le respondió: Si tu fueres conmigo, yo iré: pero si no fueres conmigo, no iré. Jue. 4:6-8.

Débora hace el primer reconocimiento a la autoridad del varón y le dice a Barac: *Iré contigo; mas no será tu honra en el camino que vas; porque en mano de mujer vendrá Jehová a Sisara. Y levantose Débora y fue con Barac a*

Cedes jue. 4:9. El pasaje que deja más claro que Débora reconocía la autoridad que Dios le había dado al varón es el siguiente: ***Entonces Débora dijo a Barac: Levántate; porque este es el día en que Jehová ha entregado a Sisara en TUS MANOS. ¿No ha salido Jehová delante de ti? Y Barac descendió del monte de Tabor, y diez mil hombres en pos de él. Jue. 4:14.*** Débora se encuentra animando y apoyando en todo momento a Barac, reconociendo que Dios había entregado en sus manos a Sisara.

Bien, en nuestros tiempos podríamos decir que uno de los papeles de la mujer en el matrimonio es animar, apoyar e incluso esforzar a su esposo cuando las cosas se tornan difíciles.

Esa fuerza, ese liderazgo y valentía es muy valioso para tu matrimonio, sin embargo, es frecuente ver que en los tiempos difíciles muchas mujeres se ponen a criticar y renegar de sus esposos, y empiezan a tomar conductas y caminos errados del orden que Dios no dejo en su palabra. No te quejes de las circunstancias, mejor contribuye a cambiarlas, recuerda que todas las cosas fueron escritas en figura para nuestra enseñanza.

Sé ejemplo ante tus hijos, alienta a tu esposo cuando las cosas están difíciles, muéstrate como una ayuda, como alguien que es ayuda idónea, muestra el carácter de Débora y al igual que ella ¡levántate en el nombre de Dios!, reconociendo siempre el orden establecido por Dios. *El marido es cabeza de su mujer.* Guarda este equilibrio en tu hogar y Dios será contigo. Sé que esta palabra es dura y difícil de cumplir y no quiero que pienses que tengo un pensamiento machista, porque si esto te pareció duro, espera a leer lo que Dios dice al varón creo que cambiaras tu percepción.

Por otra parte, si por alguna razón, si Dios te ha bendecido tu estas en mejores condiciones a las de tu esposo, tampoco te enseñorees y sigue guardando el equilibrio del cual te he hablado.

DESEOS DE SUPERACIÓN

Es triste ver como muchas mujeres una vez se casan, abandonan todo sueño, todo deseo de superación y aunque reconozco que el trabajo del hogar y el cuidado de los niños es una labor muy ardua y quizá hasta más difícil que el trabajo que cualquiera de los hombres tienen que realizar, también es verdad que siempre quedará tiempo para superarse. Hoy en día con la facilidad que ofrece la tecnología, el internet, cursos en línea, es casi imposible tener pretextos para no superarte. *La senda de los justos es como la luz de la aurora, que va en aumento hasta que el día es perfecto. Proverbios 4:18.*

Esto a su vez ayudará a tu autoestima, de hecho, gran parte del tratamiento para mejorar tu autoestima es ponerte manos a la obra y superarte a ti misma cada día. No pienses en que tienes una competencia ajena a ti, la única competencia eres tú, a la única que te debe interesar superar es a ti misma. Si lo haces, notaras que cada día serás mejor, ponte metas pequeñas pero alcanzables, muchas veces nuestro fracaso se debe que nos proponemos metas inalcanzables, pero basta el día y su afán, esfuérzate por ser hoy mejor que ayer y mañana mejor que hoy.

No importa en la rama en la que decidas superarte, solo decídete hoy mismo a hacerlo, no dejes pasar otro día sin empezar.

Decirlo es fácil, pero ponerlo en práctica es muy difícil, porque se trata de vencer la pereza, el miedo, el temor. Para lograr esto tienes que poner fuerza de voluntad, muchas veces tendrás que arrastrar a esa parte de ti que tiene flojera y decirle o quizá hasta gritarle ¡LEVANTATE TU QUE DUERMES Y TE ALUMBRARA CRISTO!

La voluntad es la fuerza o el vehículo que convierte tu deseo en realidad.

Haz ejercicios de voluntad, empieza por hacer aquellas cosas pequeñas e insignificantes que no te gusta hacer, esfuérzate, oblígate a hacerlas, porque dentro de ti está *"El Espíritu superior del cual Dios doto a Daniel"*. Es mejor dar un paso pequeño pero constante, que planificar un paso gigante que nunca darás. ¡Así que ANIMO! Empieza hoy mismo, porque este paso complementará los otros aspectos de los cuales he hablado. Es más fácil que seas ejemplo de tus hijos si ellos te ven estudiando, porque ¿cómo le puedo decir a mis hijos que estudien, si nunca me ven estudiando? ¿cómo puedo decirles que lean la Biblia, si nunca me ven leyendo? o ¿cómo puedo decirles que no vean televisión si me ven a mi haciendo justamente eso? Y este punto no va solo para las mujeres, este punto categóricamente es también para los varones.

Querida lectora si has descuidado tu imagen, nunca es tarde para que retomes el tema, arréglate, *ataviate de majestad y de alteza, vístete de honra y de hermosura. Job 40:10.*

No importa que sea para estar en tu casa, haz ejercicio, hoy en día existen muchos programas para poder hacer ejercicio mientras estas en casa, haz dieta, baja de peso. Pero no solamente hagas eso, supérate a ti misma cada día, instrúyete en la palabra de Dios, aprende algo nuevo, crece como mujer, como persona, como madre, y como esposa.

Hay ciertas leyes de atracción que quieras o no están allí, puedes dejar de creerlas, pero tarde o temprano puedes sufrir las consecuencias de haberlas ignorado.

Llevo más de 15 años atendiendo en mi consulta a varones

que llegan buscando una consulta por problemas disfuncionales desde el punto de vista sexual, lo triste de esto es que muchos de ellos consultan porque tienen otra pareja y más triste aún, que muchos son cristianos, incluso pastores. Quizá con estas declaraciones me ganare más de un enemigo, pero no he escrito este libro porque quiero quedar bien con alguien o porque quiero hacer amigos, lo he escrito por que he visto un problema y *si Dios dio el querer, el dio también el hacer por su buena voluntad. Fil. 2:13.*

Mientras escribía este libro me di a la tarea de entrevistar a varios de mis pacientes, a varias parejas sobre aspectos que me parecían interesantes para los fines de este libro. Dentro de las preguntas que les hacía en la entrevista era sobre las razones por las cuales caían en prácticas de adulterio, y la mayoría respondieron que ya no se sentían atraídos por sus esposas, me comentaban que si las querían y que aún les tenían cariño, pero ya no se sentían atraídos; algunos me comentaron que al llegar a casa ellas no les provocaban, porque al llegar estaban en pijama, con tubos en la cabeza, lucían descuidadas y con sobre peso. Evidentemente la nueva pareja era alguien que le provocó, primeramente, por la vista, luego fueron cebados y atraídos pues como ya sabemos la táctica del enemigo no cambia, siempre es la misma: atacar *la concupiscencia de los ojos, la concupiscencia de la carne y la soberbia de la vida 1 Juan 2:16.* Lo triste de esto es que muchos de estos pacientes tal y como lo he dicho anteriormente profesan la religión cristiana, y es por eso que sentí la necesidad de escribir este libro.

Cuando te hablo de este tema, sé de qué, y por qué te lo estoy hablando, tengo fundamentos fidedignos, tanto científicos como experiencia clínica y son cosas que quizá nunca verás publicadas por que son muy confidenciales, - aunque creo que es un secreto a voces-. Tú estás en tu derecho de creer o de no creer, de tomar cartas en el asunto o dejar de hacerlo, pero como te repito, el hecho de que no creas no significa que estos problemas no existan, es algo así como no creer a la ley de la gravedad descrita por Isaac Newton, aunque no la creas, si te tiras de un tercer piso caerás en picada y te romperás los huesos o incluso puedas hasta morir, aunque en el aire vayas gritando, NO, ¡NO CREO EN LA LEY DE LA GRAVEDAD! Espero me haya logrado explicar con la metáfora.

¿QUÉ BUSCA UNA MUJER EN UN HOMBRE?

Ahora toca el turno a los varones, aunque también la primera impresión cuenta y el aspecto físico definitivamente es de gran importancia, no es lo más importante a la hora en que una mujer decide o elige a su pareja. De tal manera que muchas veces te sorprendes de algunas parejas en las que el cuento de la bella y la bestia es casi literal. ¡oh! bueno, quizá estoy exagerando, pero espero me entiendas y es que a la hora de escoger su pareja

---

la mujer también obedece a sus instintos o a la programación dada desde la creación, (no olvides el mandamiento de *"llenad la tierra"*. Pero ¿qué es lo que la mujer busca en un hombre? ¿Dinero?, ¿fama?, ¿fortuna? pues no necesariamente, más bien lo que busca es lo que todos estos rasgos comunican y es: **poder, liderazgo, protección, provisión, fuerza, carácter.**

Mucho se ha tildado a las mujeres de ser interesadas, pero en este libro te diré que lo que realmente sucede es que están hechas para buscar estas características en un hombre. Físicamente a una mujer le puede gustar y atraer un hombre, sin embargo, se enamora de los rasgos de liderazgo que el mismo tenga. Aunque toda regla tiene su excepción, es lo más común, cuando tu esposa se enamoró de ti, muy probablemente tu demostrabas tener alguna habilidad de liderazgo o características que te hacían interesante y te hacían destacar de una u otra manera de otros hombres.

Quizá te parecerá un poco loco, contradictorio para el objetivo de este libro, pero solo hemos cambiado de escenario, antes eran cavernas y ahora estamos en ciudades, antes vestíamos con pieles ahora con ropa de diseño, pero en el fondo los principios siguen siendo los mismos. Antes los hombres quizás serían más fuertes, los cazadores más intrépidos, más ágiles, más hábiles, eran los que tenían la mayor cantidad de mujeres e incluso las más bellas y atractivas.

Hace un par de años tuve la oportunidad de estar en Perú, en Cusco para ser más exacto, en uno de los tours que tome junto a mi hija, uno de los guías comentaba acerca de uno de los ancestros llamado Pachacuta quien al parecer era el jefe de la tribu y se cree que tuvo 400 mujeres y así hay cientos de historias en las que vemos este común denominador, es más aun, en la Biblia se conoce que el rey Salomón tuvo aproximadamente 1000 mujeres, al respecto el libro de 1 Reyes dice: *y tuvo setecientas mujeres reinas y trescientas concubinas; y sus mujeres desviaron su corazón. 1ª Reyes 11:3* (de ninguna manera estoy impulsando esta práctica, y más adelante tocaremos la doctrina del matrimonio indisoluble en la cual creemos). Sin embargo, quiero resaltar que estos hombres tenían tal número de mujeres porque tenían características que despertaban admiración en ellas y no solo físicas, sino más bien características en donde imponían su personalidad.

Cuando vemos a la amada describiendo a su amado en *Cantares 5:9-10. ¿Qué es tu amado más que otro amado, Oh la más hermosa de todas las mujeres? ¿Qué es tu amado más que otro amado, que así nos conjuras? Mi amado es blanco y rubio, Señalado entre diez mil.*

La primera característica que ella narra y quise destacar con énfasis es como sobresale su amado sobre muchos. Si bien es cierto la Biblia nos enseña que la esposa debe estar sujeta a su marido, a decir verdad, el estándar que la Biblia pone a los hombres es muy alto. Si detallamos la Biblia es muy exigente con los hombres exhortándoles a ser cabeza, pero una buena cabeza, una cabeza sobria, sensata, líder, que ofrece provisión, protección, seguridad. Hoy en día vemos hombres queriendo imponerse y sometiendo a su esposa a base de fuerza, maltrato físico y/o psicológico, con gritos y hasta golpes.

En este segmento me dedicaré a describir las características que todo varón debe tener para mantener un liderazgo sano en relación con su esposa. *Porque el marido es CABEZA de la mujer, así como Cristo es CABEZA de la iglesia; y él es el que da la salud al cuerpo. Así que, como la iglesia está sujeta a Cristo, así también las casadas lo estén a sus maridos en todo. Efesios 5:23-24.*

Cuando hablamos de cabeza como médico les puedo comentar a grandes rasgos que en ella se encuentra el centro de dirección de todo el cuerpo, el cerebro es el encargado de coordinar los movimientos del cuerpo. El cuerpo caminará hacia donde la cabeza le guie, la cabeza en condiciones normales guía al cuerpo hacia lugares en donde este a salvo, la cabeza jamás guiara al cuerpo a un fuego ardiendo, antes bien lo alejara de él, porque la cabeza tiene por objetivo principal cuidar del cuerpo. Tampoco vemos a la cabeza enviando al cuerpo a un despeñadero a no ser que estés padeciendo de algún problema mental que en un

La Química del Amor

momento dado pueda dirigirte a cometer tal error y tal atentado contra tu cuerpo.

La cabeza pues, dirige y ordena todos los movimientos del cuerpo y se encarga de la integridad de este.

Cuando la cabeza está enferma puede llevar al cuerpo a cometer atentados contra sí mismo, de tal manera que vemos personas que se golpean, que se dañan así mismas, por lo tanto, es importante que la cabeza sea sobria y sana. Al hombre Dios le ha dado la responsabilidad de cuidar del cuerpo, es decir de su esposa y de sus hijos, de tal manera que ser la cabeza, no significa, "aquí se hace lo que yo digo o mando" se refiere a "yo me encargo de protegerlos y de guiarles para que no se hagan daño". *Porque ninguno aborreció jamás a su propia carne, antes la sustenta y regala, como también Cristo a la iglesia. Efe. 5:29*

Es decir, así como tú no te harías daño a ti mismo, así mismo no debes dañar la integridad del cuerpo que son tu esposa y tus hijos. Como les he explicado anteriormente, una de las características que una mujer busca en un hombre es precisamente esa: que la proteja, que no permita que le pase nada, que la dirija hacia lugares donde este a salvo y tenga provisión.

Cuando el texto de Efesios 5 nos habla de Cristo como cabeza dice: *Maridos, amad a vuestras mujeres, así como Cristo amó á la iglesia, y SE ENTREGO ASI MISMO POR ELLA,* esto habla de la vida sacrificial que de alguna manera

53

el varón debe tener por su hogar, dicho esto puedo iniciar a describir las características que un varón debe tener.

LIDERAZGO

Hemos dicho que una de las características que un hombre busca en una mujer es el liderazgo, esta característica se hace mucho más importante y vital en el hombre, el hombre que no es un buen líder en su hogar corre el riesgo de perder el equilibrio y perder la autoridad que Dios le dio. Ahora en este punto cuando hablamos de liderazgo también hablamos de ejemplo y no despotismo. Una mujer que tenga provisión, protección para ella y sus hijos jamás dejará de seguir a su esposo y casi de una manera instantánea estará sujeta a su esposo. Los problemas empiezan a surgir cuando el equilibrio dado por la palabra para el matrimonio se pierde. Esto traerá como consecuencia que el cuerpo se enferme o en este caso que la relación se dañe. Hablando de liderazgo en el hogar el hombre debe convertirse en ejemplo tanto para su esposa como para sus hijos en varios aspectos y algunos de ellos son los siguientes.

INICIATIVA

Todo hombre está llamado a tener iniciativa que esta descrita en el diccionario como: la capacidad de idear, iniciar, inventar, emprender cosas, es decir, el hombre está llamado a buscar soluciones ante las adversidades, está llamado a una búsqueda constante de salidas para poder guiar a su esposa y familia hacia un bienestar. Hay varones que están siempre conformes, nunca buscan mejorar, el hombre está llamado a madrugar, si, has leído bien a madrugar para buscar el sustento, la provisión y protección para la familia.

Tenemos un ejemplo Cristo: *Levantándose muy de mañana, siendo aún muy oscuro, salió y se fue a un lugar desierto, y allí oraba Mar. 1:35.* Puedes ver el ejemplo de Cristo madrugando a hacer lo que vino a hacer y la misión encomendada por el Padre. Perdona varón, pero Dios te puso por cabeza, pero esto significa más de lo que crees.

Conozco también varones que se levantan a media mañana, sin ningún propósito, esperando que el maná les caiga del cielo, y esto solo sucedió en el tiempo de Israel, ahora la Biblia dice: *Porque también cuando estábamos con vosotros, os ordenábamos esto: SI ALGUNO NO QUIERE TRABAJAR, TAMPOCO COMA. Porque oímos que algunos de entre vosotros andan desordenadamente, no trabajando en nada, sino entremetiéndose en lo ajeno. A los tales mandamos y exhortamos por nuestro Señor Jesucristo, que trabajando sosegadamente, coman su propio pan 2ª Tes. 3:10-12.* (Énfasis mío).

Seguiré dándote ejemplos en los cuales la Biblia exige del varón iniciativa, incluso nos llama la atención a observar a la hormiga: *6 Ve á la hormiga, oh perezoso Mira sus caminos, y sé sabio; La cual no teniendo capitán, Ni gobernador, ni señor, Prepara en el verano su comida Y allega en el tiempo de la siega su mantenimiento. Perezoso, ¿hasta cuándo has de dormir? ¿Cuándo te levantarás de tu sueño? Un poco de sueño, un poco de dormitar, Y cruzar por un poco las manos para reposo: Así vendrá tu necesidad como caminante, Y tu pobreza como hombre de escudo.*

Ten por seguro que un varón con iniciativa, trabajador, luchador, emprendedor, jamás perderá la admiración de su esposa y ella estará sujeta por iniciativa propia, porque verá en su esposo las características de liderazgo, verá sus anhelos más profundos (que ni siquiera son lógicos) cumplidos.

Los sistemas y las sociedades modernas en donde la mujer ha tomado un papel en el ámbito laboral han causado que muchos hombres se acomoden y que la mujer incluso en algunos casos sea la que aporta gran parte y a veces todo el presupuesto del hogar. Evidentemente esto es un desequilibrio al orden establecido por Dios. No digo que no está bien que una mujer se quiera superar o trabajar porque esto contradeciría lo que hable en el apartado hacia las mujeres. Lo que si te digo y con perdón de todos que esto ha causado gran desequilibrio en lo que Dios ordenó y ten por seguro que si esto te está ocurriendo varón has perdido el liderazgo en tu hogar y ese mismo desequilibrio traerá consecuencias graves a tu matrimonio. Por lo tanto, pide a Dios fuerzas e inspiración *El da esfuerzo al cansado, y multiplica las fuerzas al que no tiene ningunas Isa. 40:29.*

Un hombre que sabe a dónde va, que tiene un plan y una estrategia para llegar a cumplir sus metas y que de resultados positivos para la familia jamás perderá la admiración de su esposa. Caso contrario ocurrirá si no tienes iniciativa, si no tienes deseos de superarte cada día a ti mismo en pro de la mejora de tu familia, Pablo pone como ejemplo su deseo de mejorar cada día: *No que lo haya alcanzado ya, ni que ya sea perfecto; sino que prosigo, por ver si logro asir aquello para lo cual fui también asido por Cristo Jesús Fil. 3: 12.*

En nosotros debe existir siempre el anhelo de mejorarnos y superarnos, tanto en las cosas materiales como en las cosas espirituales.

Siempre podemos mejorar y ser mejores que hoy, alguien dijo que el principio de la mediocridad es creer que ya lo sabemos todo o que ya no podemos mejorar más. Estamos llamados a ser mejores cada día y que nuestra familia (hablo de esposa e hijos) nos vean como un ejemplo digno de imitar. *Más la senda de los justos es como la luz de la aurora, QUE VA EN AUMENTO hasta que el día es perfecto Prov. 4:18* (énfasis mío).

DILIGENCIA

He querido transcribir textualmente lo que significa esta palabra en la Enciclopedia Wikipedia: "Es la virtud cardinal con la que se combate la pereza". La diligencia procede del latín *Diligere* que significa *Amar*, pero en un concepto más vago que de su similar latín *Amare* que es más general. Forma parte de la virtud de la caridad ya que está motivada por el amor.

Dios en su palabra nos manda a ser diligentes, a que despertemos y nos movamos con diligencia, es decir, a hacer las cosas con mucha pasión, con mucho amor. Con ahínco, con entusiasmo.

Hay mucho que hablar sobre todo lo que la Biblia nos instruye acerca de aprovechar el tiempo, pero no es el propósito de este libro hablar al respecto, sino más bien hacer una pequeña reseña de las características que un varón debe tener para mantener un liderazgo sano en su relación.

Por lo cual dice: Despiértate, tú que duermes y levántate de los muertos, Y te alumbrará Cristo. Mirad, pues, con diligencia cómo andéis, no como necios sino como sabios, aprovechando bien el tiempo, porque los días son malos. Efe. 5:14-16

Maridos, amad a vuestras mujeres, así como Cristo

amó a la iglesia, y se entregó a sí mismo por ella Efe. 5:25

Menciono este verso por que llama a los varones a una actitud de protección hacia la mujer, la mujer debe estar segura de lo que su marido siente por ella y hacia a ella, debe sentirse protegida, arropada.

Muchas veces el marido pierde el liderazgo sano de la relación por que le da inseguridad a la esposa, esto trae como consecuencia que la misma se revele y se oponga debido a la sensación de inseguridad que el esposo le da.

La Biblia siempre hace hincapié en que la relación del marido y su esposa debe ser como la de Cristo y su iglesia, creo que ninguno de nosotros nos sentimos desprotegidos o nadie piensa que Cristo no le ama. Todos estamos seguros de lo que Él siente por nosotros. Su muerte en la cruz es el gesto más excelso que demuestra ese amor por su esposa. Por otra parte, de ninguna manera esto significa que el varón haga todo lo que la esposa quiere. He visto muchas relaciones y cada vez más (sobre todo las relaciones jóvenes), donde el varón arrastrado ante la belleza o hacia la admiración que le tiene a su esposa o a veces aun novia, se deja seducir a tomar decisiones de las cuales tarde o temprano se arrepentirá.

Muchos hombres actúan complaciendo a todo lo que su pareja pide, queriéndose convertir en Aladino y la lámpara maravillosa, comprometiéndose a deudas, comprando cosas que ni siquiera son necesarias con tal de complacer a su mujer. Esto de igual manera es un desequilibrio al diseño de Dios. En el libro de 1ª Pedro se hace un llamado a las mujeres a la sensatez en este punto: *Asimismo vosotras, mujeres, estad sujetas a vuestros maridos; para que también los que no creen a la palabra, sean ganados sin palabra por la conducta de sus esposas, considerando vuestra conducta casta y respetuosa. Vuestro atavío no sea el externo de peinados ostentosos, de adornos de oro o de vestidos lujosos. 1ª Pedro 3:1-3.*

De ninguna manera estoy diciendo que no proveas a tu esposa, ya que Efesios 5:24 dice: *a fin de presentársela a sí mismo, una iglesia gloriosa, que no tuviese mancha ni arruga ni cosa semejante, sino que fuese santa y sin mancha.* Sin embargo, la cabeza debe ser sensata, diligente para llevar al cuerpo a un buen fin. Si actúas desmedidamente sucumbiendo a cuanto deseo tenga tu esposa, tarde o temprano dirás como dijo Adam: *La mujer que me diste... Génesis 3:12.* Sin embargo, eres tú el que realmente tienes que llevar a buen puerto a la familia. Quizás en algún momento dado digas, esto es contradictorio, al contrario, lo que quiero es dejar impreso el equilibrio que la Biblia nos enseña.

Como médico, como sexólogo, como anciano de la iglesia donde me congrego he visto las dos caras de la moneda, por un lado, casos en los cuales los esposos son avaros, déspotas, despiadados que no proveen nada a sus esposas, vedándoles de todo aun cuando tienen medios económicos para darles, dando en cambio mal trato tanto psicológico como físico. Por otro lado, esposos débiles que sucumben a los caprichos de sus esposas haciendo todo lo que ellas les indiquen o dándoles todo lo que deseen incluso en la mayoría de los casos sin tener los medios para hacerlo. Tanto la una como la otra cosa rompen el orden de Dios.

Si pudiera resaltar una palabra al respecto resaltaría EQUILIBRIO y es lo que la Biblia nos enseña. Es decir, por un lado, nos dice: *Mujeres, ESTAD SUJETAS A VUESTROS MARIDOS, como conviene en el Señor. Maridos, AMAD A VUESTRAS ESPOSAS y no seáis ásperos con ellas. Col. 3:18-19.* ¿Ves el equilibrio? En otro pasaje dice: *ASI OBEDECIO SARA A ABRAHAM, LLAMÁNDOLE SEÑOR, y vosotras habéis llegado a ser hijas de ella, si hacéis el bien y no estáis amedrentadas por ningún temor. Y vosotros, maridos, igualmente, convivid de manera comprensiva con vuestras mujeres, COMO A VASO MAS FRAGIL, puesto que es mujer, DANDOLE HONOR COMO A COHEREDERA de la gracia de la vida, para que vuestras oraciones no sean estorbadas. 1ra Ped. 3:6-7.* (Énfasis mío)

Sé que aquí la palabra se pone difícil de cumplir, puesto que creo que quizá ninguna mujer está dispuesta hoy en día a tener la actitud de Sara, pero por otro lado tengo que decir también que tal actitud obedece a que Abraham tiene:

la fe, la guía de Dios, la visión, la diligencia, la iniciativa y sobre todo los resultados y déjame subrayar y enfatizar **los resultados**, ya que estos son los que hacen que Sara crea en el liderazgo de Abraham y automáticamente le sigue.

Por sus frutos los conoceréis Mt. 7:16.

Esto quiere decir que no puedes esperar que tu esposa te siga sin las características de liderazgo que nos muestra tanto Abraham como el propio Señor Jesucristo. Por otro lado, mujer no puedes esperar que te traten como vaso más frágil y que convivan de manera comprensiva dándote honor como a coheredera de la gracia de la vida, si no aceptas el liderazgo que Dios dio a tu esposo. Dios le dio a Adam a Eva como ayuda que le fuere idónea, y abras oído miles de veces: Dios no saco a la mujer de la cabeza ni del pie, sino de la costilla, es decir, de la mitad, ni arriba, ni abajo.

Si se rompe el equilibrio dado por Dios en su palabra, los matrimonios se destruirán y no, no exagero, pues tal y como he compartido en la introducción la tasa de divorcios y separaciones llega casi a la alarmante cifra del 70%, entonces, no me digas que exagero. Si a estas estadísticas agregáramos el sin fin de parejas que *viven pero no conviven* o sea parejas que viven juntas en la misma casa pero apenas se hablan.

Hay datos que dicen que la mayoría de los matrimonios después de los diez años hablan un promedio de cuatro minutos al día, sus conversaciones se centran en hablar cosas de los hijos o algún problema que surgió en la casa, entonces, de ninguna manera exagero.

Hace algunos meses conocí a una pareja que cumplía 50 años de casados y sorprendido les pregunte: ¿Cuál era el secreto para lograr tal hazaña? ellos rieron y a la vez se miraron y se quedaron callados, entonces, les explique que estaba escribiendo este libro y que estaba recabando información y les pedí de una manera voluntaria y anónima contribuir brindándome su experiencia, a lo cual dijeron que sí. En ese momento les dije que solo había una condición y que lo único que les pedía era total sinceridad y decir absolutamente solo la verdad, ellos se volvieron a ver y él le dice a ella: ¿lo dices tu o lo digo yo?

- ¡Yo! respondió ella y añadió: la verdad doctor que solo fuimos realmente felices seis meses. En mi asombro me quedé callado, abrí los ojos y estaba muy sorprendido, mientras él le decía a ella:

- no exageres fue como un año y empezaron a replicarse el uno al otro. Entonces, le pregunté: ¿por qué siguieron juntos? y ellos respondieron: pues vinieron los hijos y teníamos que sacarlos adelante, y adquirimos más compromiso con ellos y por eso seguimos y llegamos hasta hoy con la ayuda de Dios, dice ella con un gesto un tanto decepcionante.

Es triste ver esto, pero es algo real en muchos matrimonios hoy en día, y a esto me refiero con la frase: *"viven, pero no conviven"* o como dice otro proverbio muy conocido *"juntos, pero no revueltos"*. Conozco muchos casos más, en donde esto es lo que prevalece y muchas parejas simplemente tienen una vida de apariencia, "guardando el testimonio" o más bien dicho "editando el testimonio" delante de las personas, pero, teniendo vidas muy distantes de la unidad incondicional que un día se profesaron en un altar. Ahora bien, este libro, no trata o de lo que he visto o de lo que creo o pienso y por eso hago el énfasis nuevamente, que las estadísticas lo han demostrado. Así que de ninguna manera exagero en todo lo que he escrito. Todo lo anterior no es bonito de leer, no es algo grato, sino todo lo contrario, pero es la pura y dura verdad, te guste o no.

El equilibrio de Dios se ha roto, ni la mujer se sujeta y sigue a su esposo, ni el esposo la trata como a vaso más frágil a su mujer y muchos como líderes del hogar dejan mucho que desear.

Ahora bien, cuando preguntamos: ¿quién es el culpable? ambas partes dirán que tienen la razón y el otro siempre es el que está equivocado, pero, a decir verdad, ambas partes son culpables. Cuando digo eso, se lo que digo. por mi parte llevo veinte años casado, tengo cuatro hijos, se lo difícil que es y se de lo que estoy hablando; o sea, además, de lo que sé por la ciencia y la experiencia clínica en el campo de la sexología; lo que sé desde el conocimiento bíblico y la experiencia como anciano de mi congregación; y lo que me ha enseñado mi propia experiencia en el matrimonio me he atrevido a escribir este libro. La Biblia nos ha sido dejada como manual de conducta así que, puedes examinarte a la luz de la palabra y sensatamente empezar a cambiar lo que respecta a ti. A menudo las personas quieren que los que les rodean cambien, con facilidad culpan a todos, menos a ellos mismos y se dan la razón o justifican de una u otra forma o con cualquier excusa sus reacciones.

Sin embargo, es tiempo de que hagas un autoanálisis y seas correcto contigo mismo y aceptes tus fallos para querer mejorar.

Te he descrito lo que científicamente se ha demostrado que un hombre busca de una mujer y viceversa, te he citado algunos pasajes bíblicos que confirman este conocimiento, ahora te toca a ti empezar a hacer los cambios. A medida que desarrolles y adquieras conocimientos, también escojas por el cambio radical a tu situación personal.

El apóstol Pablo dice: *No os conforméis a este siglo, sino TRANSFORMAOS por medio de la RENOVACION de*

VUESTRO ENTENDIMIENTO, para que comprobéis cuál sea la buena voluntad de Dios, agradable y perfecta. Rom. 12:2

Esto significa que cuando adquirimos un nuevo conocimiento o entendimiento el mismo debe transformarnos, es algo así como cuando en la escuela de medicina estudiamos microbiología y aprendí que comer sin lavarme las manos y hacerlo en lugares con muy altas posibilidades de contaminación bacteriana, yo haya hecho caso omiso a ese aprendizaje y de todas formas siga sin lavarme las manos y comiendo en lugares contaminados. De nada sirve lo que estudie si al fin y al cabo no lo pongo en práctica.

No ha servido de nada el adquirir un nuevo conocimiento si no haz logrado el objetivo el cuál es que te transforme.

Dicho lo anterior retomo el tema del cual hablaba, no se trata de cambiar a los demás, en este caso concreto no se trata de cambiar al cónyuge, se trata de que cambies y que corrijas tú lo que tienes que corregir. No hay nada que cambiar, no hay nadie a quien cambiar, quien tiene que cambiar eres tú.

Jonás el profeta, estaba renuente a ir a anunciar a Nínive la salvación, los ninivitas eran despiadados, eran

La Química del Amor

saqueadores, sin embargo, ellos cambiaron y se arrepintieron cuando Jonás cambio de actitud; quizá en un principio no cambio de pensamiento, pero si cambio de actitud. ¡Cambia tu actitud y poco a poco veras como todo lo demás cambia también!

Esposo si Dios te ha dado el privilegio de ser cabeza, te toca ser protector, proveedor, guía, líder, tener iniciativa, emprender, cuidar, ataviar a los tuyos y por su puesto a tu esposa, si no tienes estas características no esperes a una esposa sujeta, lo que puedes esperar es rebelión. Por tu parte esposa, si Dios te dio el privilegio de ser una AYUDA IDONEA consolídate como tal, se líder, segura, sujeta a tu marido, sé sabia recuerda que *La mujer sabia edifica su casa; Más la necia con sus manos la derriba. Prov. 14:1.*

Cada uno cumpliendo su papel, cada uno comprometiéndose con su rol, ambos guardando el equilibrio que Dios les dejó en su palabra. No se trata de exigir que el otro cambie, se trata de que voluntariamente con el conocimiento y guía que Dios dejó en la Biblia, obedezcas y empieces a cambiar todas aquellas cosas en las cuales estabas fallando.

Recuerda que el matrimonio es indisoluble, por lo tanto, si o si, debes dar ese paso que tanto te ha costado y que es: "cambiar tú mismo primero".

- 3 -

El Pacto del Matrimonio

Aún recuerdo que tres meses antes de mi boda me empezó a temblar el ojo izquierdo, a decir verdad, en un principio no lo relacionaba con nada, en ese entonces yo vivía en Barcelona, España; cursaba el primer año de la especialidad de urología y creí que era demasiada tensión o estrés. Estaba solo, en un país lejano, sin familia, tenía que cumplir con las responsabilidades asistenciales que implicaban ser el residente novato y por si fuera poco, la presión de tener que estudiar pues cada día religiosamente cuando pasábamos visita a los pacientes ingresados, como es una costumbre en todos los hospitales ocurría el denominado "machuque" o dicho en otras palabras "pisoteada"; esto es una especie de examen oral que hacen los médicos jefes a los médicos residentes estando a la cabecera del paciente.

Durante el "machuque" (como le decimos en mi país) todos los médicos nos paramos alrededor del paciente, el residente a cargo del caso presenta la historia clínica y los jefes te preguntan hasta el más mínimo detalle de la enfermedad del paciente que se está evaluando en ese momento. En este tipo de exámenes orales, siempre sales perdiendo, porque cuando tú has estudiado la enfermedad del paciente, ellos te preguntan sobre el mecanismo de

71

acción del medicamento prescrito. Cuando estudias sobre los medicamentos te preguntan sobre las diferencias radiográficas para hacer diagnóstico. Es algo así como entrar a un examen, estudiar como el que más, pero el problema es que no sabes de que tema te preguntarán, de lo que, si estás seguro, es que por alguna razón siempre te preguntan justo lo que no estudiaste. En esos momentos te palpita el corazón, te sudan las manos, la habitación se hace chiquita y quieres que la tierra te trague pues pareciera que los jefes son una especie de adivinos que siempre preguntan lo que no estudiaste, es decir te dan una "pisoteada" científica. ¡*Wow*! Bueno, actualmente ya soy jefe, y a decir verdad ahora no entiendo cómo se debe preguntar justo lo que los residentes no estudiaron (risa); pero bueno, volviendo a mi relato yo creía que el ojo izquierdo no paraba de temblarme debido a esta presión, pero un día alguien me dijo: ¿sabes qué pasa? estás nervioso porque pronto te casas, me quedé pensando y dije: - ¡es verdad!, eso es y mi pobre ojo lo resiente.

Llego el momento, tenía que viajar a cumplir con una de las decisiones más importantes, si no es que la más importante decisión que se toma en la vida. Tomé el avión y viajé a mi país Guatemala. El estrés del hospital no era comparado a este y no era para más, estaba a punto de hacer un juramento para toda mi vida. Estoy seguro de que tú y cada uno de los lectores de este libro, tienen su propia anécdota, todos recordamos esos días previos a la boda y al respecto hay mil historias.

LAS PROMESAS DEL MATRIMONIO

Me levante esa mañana de diciembre, desayune con mi familia, era una especie de despedida, mi madre lloraba con sentimientos encontrados y mi padre parecía contento pues por fin se deshacía de mí. Fui a recortarme el cabello y el día paso como que hubieran sido cinco minutos. Llegue a la iglesia, me senté hasta adelante como es la costumbre, esperando que mi suegro me entregara a su amada hija. Ambos subimos al altar e inicio el sermón, al finalizar el mismo; llego el momento, era hora de hacer las promesas que todos los que estamos casados hemos hecho.

Lastimosamente estas promesas en la mayoría de los casos duran muy poco tiempo y pronto se olvidan, pues a las primeras pruebas que el matrimonio atraviesa las mismas se tiran al bote de basura tal cual fueran papel desechable. De esa cuenta, tal y como he mencionado las tasas de divorcio en todo el mundo son muy altas llegando a alcanzar la exorbitante cifra del 63% en algunas latitudes, y eso sin contar los divorcios de hecho, es decir, parejas que viven bajo el mismo techo como simples amigos en el mejor de los casos, pero sin tener una relación de marido y mujer, si no que llevan una relación más bien de apariencia ante la sociedad. Esta afirmación es fuerte y lo sé, pero solamente quiero dejar plasmada la triste realidad.

Cuando me propuse escribir este libro lo hice con el

propósito de poder primeramente descubrir *"nuestros"* errores (y no estoy siendo excluyente para con mi persona), para luego proponer soluciones basadas en lo que la palabra de Dios dice, lo que la ciencia ha descubierto en torno a las relaciones matrimoniales.

Afortunadamente no conozco a la gran mayoría de personas que leerán este libro, por lo tanto, cualquier parecido con la realidad es meramente coincidencia, todo de lo que hablo en este libro está sustentado por estudios en el campo de la sexología y de las dinámicas sociales, pero sobre todo lo que al final le da la solidez es la Palabra de Dios. Así que; por aquello de las dudas y no recordamos los votos o promesas que hicimos aquel día hace un año, veinte o más, te describo aquí algunos de ellos o por lo menos los más comunes e importantes. Estos son los votos o promesas y el orden en el cual se hacen los nuevos esposos en una ceremonia por la iglesia y lo narrare tal cual fuera el momento de la boda:

Dirigiéndose al novio, el ministro pregunta:

¿Toma usted a esta mujer como su legítima esposa, para vivir juntos en el santo estado del matrimonio, según lo ordenado por Dios? ¿Promete amarla, honrarla y cuidarla en enfermedad y en salud, y rechazando a todas las demás mujeres, serle fiel mientras vivan los dos?" a esta pregunta el novio responde: **lo prometo.**

Dirigiéndose a la novia, el ministro pregunta:
¿Toma usted a este hombre como su legítimo esposo, para vivir juntos en el santo estado del matrimonio, según lo ordenado por Dios? ¿Promete amarlo, honrarlo, obedecerle y cuidarlo en enfermedad y en salud, y rechazando a todos los demás hombres, serle fiel mientras vivan los dos?" A esta pregunta la novia responde: **lo prometo.**

Posteriormente el ministro dice: Tómense de la mano y repitan cada uno conmigo,

El novio repite estas palabras del ministro:
- "Yo, te tomo a ti, como mi legítima esposa, para que los dos seamos uno solo desde este día en adelante, para bien o para mal, en riqueza o en pobreza, en prosperidad o en adversidad, para cuidarte y amarte hasta que la muerte nos separe."

La novia repetirá estas palabras del ministro:
- "Yo, te tomo a ti, como mi legítimo esposo, para que los dos seamos uno solo desde este día en adelante, para bien o para mal, en riqueza o en pobreza, en prosperidad o en adversidad, para cuidarte y amarte hasta que la muerte nos separe."

ENTREGA DE ANILLOS

¿Qué entregan como prenda de estos votos? La Biblia

dice que cuando Dios hizo un pacto con Noé, puso en el cielo el arco iris como señal del pacto y dijo: *"Lo veré y me acordaré del pacto perpetuo."* Asimismo, es bueno tener una señal que nos recuerde este solemne convenio nupcial. Ustedes han escogido este anillo como señal de su matrimonio. El anillo está hecho de metal precioso, que representa los vínculos que unen a los esposos. Es un círculo sin fin, simbolizando así la unión perpetua de estas dos personas"

Finalmente pronuncia:

- "Por cuanto se han declarado sinceramente su deseo de ser unidos en matrimonio, primero delante de las autoridades civiles y ahora en delante de Dios, y han confirmado lo mismo al dar y recibir las arras, ahora yo los declaro esposo y esposa en el nombre del Padre, y del Hijo y del Espíritu Santo. A los que Dios ha unido, que ningún hombre los separe".

Prometo amarte:

Para algunas parejas en los primeros meses esta promesa dejo de ser realidad, conozco casos quienes se han separado antes de cumplir seis meses, para otros los primeros años son de ensueño, pero luego por una u otra razón el encanto se termina y esa promesa de amor no va más.

El amar es la suma de varios elementos tales

como: sacrificio, compromiso, entrega, respeto, dar, creer, confiar, entre otros.

"Amar" es una palabra que, en el momento dado, deja de ser un sentimiento pasando a ser un compromiso.

EL DIVORCIO
EL PLAN DIABÓLICO PARA DESTRUIR LA SOCIEDAD

Antes de escribir este párrafo, me di una visita por varios sitios, artículos, estudios y censos que aparecen en internet y realmente quedé asombrado de las cifras de divorcios y del promedio de tiempo que dura un matrimonio en la actualidad. Casi todos coinciden y en las ciudades más grandes del mundo la tasa de divorcios puede llegar hasta el 70 % como sucede en Bélgica. En Europa Italia tiene la cifra más baja de divorcios con poco más de 30 % y los divorcios se producen en promedio de los 15 a los 18 años de matrimonio. A continuación, te dejo un pequeño listado con las ciudades más grandes del mundo con sus respectivas tasas de divorcio y promedio de duración de los matrimonios.

1.Italia – Duración promedio: 18 años (tasa de divorcio del 30.7%). Las parejas italianas permanecen juntas por mucho más tiempo que cualquier otro país en el mundo.

2. Canadá – Duración promedio: 14 años (tasa de divorcio del 48%). Aunque en Ottawa, capital del país, el índice es ligeramente menor, los canadienses ostentan el segundo

lugar en el ranking mundial.

3. Francia – Duración promedio: 13 años (tasa de divorcio del 55%). Con relación a las naciones europeas, los matrimonios franceses suelen ser longevos, aunque la tasa de divorcios se ha disparado durante la última década.

4. Estados Unidos – Duración promedio: 8 años y 2 meses (tasa de divorcio del 41%). Sin embargo, en Nueva York, la duración de un matrimonio supera los 12 años.

5. Australia – Duración promedio: 12 años (tasa de divorcio del 43%). Aunque la duración media es considerablemente duradera, las últimas estadísticas indican que las parejas australianas se divorcian cada vez más rápidamente.

6. México – Duración promedio: 12 años (tasa de divorcio del 15%). Según las estadísticas, la mayoría de los matrimonios mexicanos terminan en ruptura tras dos años de concubinato, aunque no todos se animan a divorciarse.

7. Japón – Duración promedio: 11 años (tasa de divorcio del 36%). Históricamente, los matrimonios japoneses fueron longevos. Durante los últimos años, esta durabilidad se vio drásticamente reducida.

8. Reino Unido – Duración promedio del matrimonio: 11 años (tasa de divorcio del 42%). Se estima que los matrimonios ingleses y galeses acabarán antes del vigésimo aniversario.

Chile es el país con la menor tasa de divorcios con un 3%. En mi país, **Guatemala**, en este último año hubo más divorcios que matrimonios siendo 6,621 en él 2018. En **España** celebran que la tasa de divorcios disminuyo un 2.8% pasando de 98,000 a 95,000 en el 2018. Realmente todos estos datos son alarmantes, puesto que la base y la solidez de una sociedad está en la integridad y unidad familiar.

PROMETO AMARTE HASTA QUE LA MUERTE NOS SEPARE

- Yo prometo, delante de estos testigos...

¿Prometo amarte? Esa es la pregunta que surge después de ver estos datos, ¿lo cumpliste? Como recordarás en el primer capítulo, explique con detalles la química del amor; y es la verdad, esa química con el paso de los años se va terminando, ya no se liberan las mismas cantidades de serotonina por lo tanto aquella tolerancia y aceptación de incluso los defectos y los errores de la otra persona se ha perdido. La sensación de haber ganado o haberlo conseguido, la sensación de triunfo que sentíamos, la cual nos generaba dopamina y sentíamos todo el placer del mundo y lo que nos hacía adictos a la otra persona ya no está, se fue.

Aquel apego y sentido de pertenencia y necesidad de estar abrazados que nos generaba liberación de oxitocina nos ha abandonado.

Las mariposas en el estómago, la aceleración del ritmo cardíaco, la sensación de torpeza que invade, la sudoración y temblor de manos e incluso del cuerpo entero cuando se ve venir al amado o a la amada también se ha ido. ¿Pero qué pasó? ¿A dónde se fueron todas esas sensaciones? ¿Dónde están todas aquellas emociones? La respuesta es: la monotonía se las llevo, la rutina acabo con ellas. Ahora bien, te recuerdo que estoy hablando de la promesa que se hizo en el altar *"Prometo amarte"*.

Es hora de decirte que esa promesa no se circunscribe solamente a los buenos y bellos momentos, es una promesa y podrás tener mil eXcusas, sigue siendo una promesa en un altar, ante Dios y ante los hombres.

La promesa dice: *Hasta que la muerte nos separe.* No dice, hasta que el aburrimiento nos separe, hasta que tu carácter nos separe, hasta que tus defectos nos separen.

Creo que esto fue lo que los discípulos entendieron en el pasaje de Mateo 19, *así es la condición del hombre con su mujer, conviene NO casarse. Mt.: 19:10.*

Pero leamos el contexto:

³ Entonces se llegaron a él los Fariseos, tentándole, y diciéndole: ¿Es lícito al hombre repudiar á su mujer por cualquiera causa?

⁴ Y él respondiendo, les dijo: ¿No habéis leído que el que los hizo al principio, macho y hembra los hizo,

⁵ Y dijo: Por tanto, el hombre dejará padre y madre, y se

unirá á su mujer, y serán dos en una carne?

[6] Así que, no son ya más dos, sino una carne: por tanto, lo que Dios juntó, no lo aparte el hombre.

[7] Dícenle: ¿Por qué, pues, Moisés mandó dar carta de divorcio, y repudiarla?

[8] Díceles: Por la dureza de vuestro corazón Moisés os permitió repudiar á vuestras mujeres: más al principio no fué así.

[9] Y yo os digo que cualquiera que repudiare a su mujer, si no fuere por causa de fornicación, y se casare con otra, adultera: y el que se casare con la repudiada, adultera.

[10] Dícenle sus discípulos: Si así es la condición del hombre con su mujer, no conviene casarse.

[11] Entonces él les dijo: No todos reciben esta palabra, sino aquellos a quienes es dado.

[12] Porque hay eunucos que nacieron así del vientre de su madre; y hay eunucos, que son hechos eunucos por los hombres; y hay eunucos que se hicieron a sí mismos eunucos por causa del reino de los cielos; el que pueda ser capaz de eso, séalo. Mt. 19: 3-12

Seguramente, los discípulos entonces entendieron el compromiso que adquirimos todos los que estamos casados, primero ante Dios y luego ante los hombres.

En el versículo 9 surge un punto de controversia, pues muchos de los que apoyan el divorcio y el segundo matrimonio, usan este verso como base del permiso para divorciarse, el verso dice claramente *por causa de fornicación*. Fornicación: significa tener relaciones sexuales antes del matrimonio. y en este punto inicia el juego de palabras *"porneia* y *moicheia"* las cuales significan actos inusuales indecentes incluso dicen que la palabra que se usa en el pasaje de Mateo 19:9 es *"porneia"*, dentro de su significado también puede interpretarse como adulterio. Dios sabia precisamente de esto y quiso dejar un ejemplo claro con Jesús y en el siguiente párrafo te lo explico.

EL DESPOSORIO EN ISRAEL

Para entender de lo que hablo he de explicar brevemente que dentro de las costumbres de Israel existía el desposorio. El desposorio era un pacto en el cual entraban dos familias, respecto a sus hijos, era un compromiso prenupcial, es lo que hoy en día podríamos conocer como dar el anillo de compromiso cuando dos jóvenes se comprometen en matrimonio. Sin embargo, a lo contrario de nuestros días los desposorios, era un compromiso y un pacto real. Consistían en que un hombre desposaba (valga la redundancia) a una mujer y era una especie de arreglo entre los padres de los futuros conyugues, en los cuales entregaban joyas o regalos valiosos símbolo de la alianza o el pacto en el cual habían entrado ambas familias. Tal y como mencione antes, el desposorio era un compromiso real, el cual no se podía romper a no ser que la mujer no fuese virgen en el momento de consumar el matrimonio, es decir que hubiera cometido fornicación antes de la boda. La joven doncella tenía que presentarse sin mancha ni arruga.

Tal y como Cristo quiere a su esposa, la cual esta desposada, pero aún no ha celebrado las bodas del cordero.

El tiempo promedio que pasaba desde el desposorio hasta consolidar el matrimonio era de seis meses a un año y mientras más importante era la pareja, más. Muchas de las parábolas que Jesús enseño en cuanto a las bodas del Rey o del cordero tienen su contexto en esto.

Se extendía una invitación a las bodas, pero nadie sabía el día exacto, ni la hora en que iba a ocurrir la boda, solo sabían que estaban invitados.

Los invitados preparaban vestidos de bodas y era la costumbre que vírgenes acompañaran el cortejo de bodas, debido a que según la importancia de los contrayentes en la sociedad el cortejo nupcial podía ocurrir en la noche e incluso a la media noche, tal como lo narra la parábola de Mateo 25. Las vírgenes tenían que estar apercibidas para poder acompañar el cortejo y debían tener lámparas o antorchas encendidas para alumbrar el camino de los novios. A partir del desposorio tanto el hombre como la mujer, pero sobre todo la mujer, tenían que cuidarse y actuar ante la sociedad como si estuviesen casados.

El siguiente pasaje bíblico de Deuteronomio te aclarara lo que hablo y te invito a que lo leas desde tu propia Biblia.

13 Cuando alguno tomare mujer, y después de haberse llegado a ella la aborreciere, 14 y le atribuyere faltas que den que hablar, y dijere: A esta mujer tomé, y me llegué a ella, y no la hallé virgen;

15 entonces el padre de la joven y su madre tomarán y sacarán las señales de la virginidad de la doncella a los ancianos de la ciudad, en la puerta;

16 y dirá el padre de la joven a los ancianos: Yo di mi hija a este hombre por mujer, y él la aborrece;

17 y he aquí, él le atribuye faltas que dan que hablar, diciendo: No he hallado virgen a tu hija; pero ved aquí las señales de la virginidad de mi hija. Y extenderán la vestidura delante de los ancianos de la ciudad.

18 Entonces los ancianos de la ciudad tomarán al hombre y lo castigarán;

19 y le multarán en cien piezas de plata, las cuales darán al padre de la joven, por cuanto esparció mala fama sobre una virgen de Israel; y la tendrá por mujer, y no podrá despedirla en todos sus días.

20 Mas si resultare ser verdad que no se halló virginidad en la joven,

21 Entonces la sacarán a la puerta de la casa de su padre, y la apedrearán los hombres de su ciudad, y morirá, por cuanto hizo vileza en Israel fornicando en casa de su padre;

así quitarás el mal de en medio de ti. Deu. 22:13-21

Ahora en este contexto leamos y analicemos el caso de nuestro Señor Jesús, cuyo pasaje lo podemos encontrar en el Libro de Mateo 1 y te invito también a que lo leas en tu propia Biblia:

18 El nacimiento de Jesucristo fue así: Estando desposada María su madre con José, antes que se juntasen, se halló que había concebido del Espíritu Santo.
19 José su marido, como era justo, y no quería infamarla, quiso dejarla secretamente.
20 Y pensando él en esto, he aquí un ángel del Señor le apareció en sueños y le dijo: José, hijo de David, no temas recibir a María tu mujer, porque lo que en ella es engendrado, del Espíritu Santo es.
21 Y dará a luz un hijo, y llamarás su nombre JESÚS porque él salvará a su pueblo de sus pecados.
22 Todo esto aconteció para que se cumpliese lo dicho por el Señor por medio del profeta, cuando dijo:
23 He aquí, una virgen concebirá y dará a luz un hijo,
Y llamarás su nombre Emanuel, que traducido es: Dios con nosotros.
24 Y despertando José del sueño, hizo como el ángel del Señor le había mandado, y recibió a su mujer.
25 pero no la conoció hasta que dio a luz a su hijo primogénito; y le puso por nombre JESÚS. Mt. 1:18-25

En este caso, según la costumbre José tenía todo el derecho de dejar, aborrecer o repudiar a María por causa de la supuesta fornicación en la que ella había incurrido, nota que en el pasaje se le llama a María SU MUJER aun cuando todavía no se habían consolidado el matrimonio.

El desposorio en Israel era prácticamente un matrimonio en el cual únicamente faltaba hacerse una sola carne, es decir, la celebración de la boda y el encuentro íntimo.

¿Qué hubiese pasado si José deja a María y no se casa con ella debido a esta causa y la aborrece o repudia? Estaba en su derecho y es a todo esto antes mencionado es a lo que Jesús se refiere de repudiar a su mujer *solo por causa de fornicación Mt.19:9*.

Recordemos: fornicación se refiere al hecho de tener relaciones sexuales sin ser casado y adulterio significa tener relaciones con otra persona estando casado.

AMOR SACRIFICAL INCONDICIONAL DE CRISTO

El amor sacrificial es lo que Dios nos enseña, aun cuando hemos fornicado y adulterado espiritualmente y también literalmente sigue amándonos, nos sigue llamando su novia, seguimos desposados con él, quiero que prestes atención al siguiente pasaje.

Jeremías 3:1 Dicen: Si alguno dejare a su mujer, y yéndose ésta de él se juntare a otro hombre, ¿volverá a ella más? ¿No será tal tierra del todo amancillada? Tú, pues, has fornicado con muchos amigos; ¡más vuélvete a mí! dice Jehová.

Querido hermano, querida hermana te invito a que en tu Biblia leas todo el capítulo y notarás que Dios siempre está dispuesto a la reconciliación, aun cuando su pueblo fornica y adultera, aun cuando le falla una y mil veces, aun cuando se aleja de Él.

En este pasaje vemos que Dios a pesar de que su pueblo ha fornicado con muchos amigos ¡¡wow!! ¿No te sorprende? ¿No le das gracias? Cuando aún con todo esto, te dice: ¡*vuélvete a mí*!

¡Esto es realmente PROMETO AMARTE!

¿Qué duro y que difícil no? Sin embargo, llega un momento que tu amor a Dios es el que debe ser fiel a esa promesa; Y debe ser mayor que tus sentimientos. Por eso el Apóstol Pablo dice en el libro de Efesios: *Este misterio grande es: más yo digo esto con respecto a Cristo y a la iglesia. Efe. 5:32.* Definitivamente Cristo nos enseña el amor sacrificial, porque ni yo ni tú, merecemos que él nos escuche, no merecemos la salvación, fallamos, estamos llenos de errores e imperfecciones.

Si Cristo tuviese el mismo pensar que nosotros y optara por decirnos: "es que tengo incompatibilidad de carácter contigo, no te entiendo, ya no te aguanto, eres infiel, es que no me correspondes."

Cristo tiene un listado más grande y mucho más largo que el que cualquiera de nosotros puede tener respecto a su cónyuge, pero su amor es un AMOR SACRIFICIAL.

Un amor que da, aunque no lo merezcas, un amor que te cuida, que sufre tus infidelidades, un amor que sufre tus ofensas, un amor que da, no porque te lo has ganado, no porque te lo mereces, sino un amor que da por que ama y tiene un compromiso ante el Padre de amarte hasta el fin. Eso es lo más gratificante, saber que ese amor tiene una promesa mayor de la que tú has hecho en el altar del matrimonio y es: *que ni la vida, ni siquiera la MISMA MUERTE nos podrá separar de su amor.*

¿Quién nos separará del amor de Cristo? ¿Tribulación, o angustia, o persecución, o hambre, o desnudez, o peligro, o espada? Como está escrito Por causa de ti somos muertos todo el tiempo; Somos contados como ovejas de matadero. Antes, en todas estas cosas somos más que vencedores por medio de aquel que nos amó. Por lo cual estoy seguro de que ni la muerte, ni la vida, ni ángeles, ni principados, ni potestades, ni lo presente, ni lo por venir, ni lo alto, ni lo profundo, ni ninguna otra cosa creada nos podrá separar del amor de Dios, que es en Cristo Jesús Señor nuestro. Romano 8:35-39.

A esto se refiere el apóstol Pablo: "a su Amor Sacrificial", cuando escribe en Efesios 5:23, *Este misterio grande es: más yo digo esto con respecto a Cristo y a la iglesia.*

Llega un momento en que tu convicción y tu amor a Dios y a su palabra deben ser más fuerte que los sentimientos, sensaciones o emociones.

Puede que alguien en este momento diga, ¡detente doctor!, ¿qué me estas insinuando? Quizá alguien deje de leer este libro, por que como te dije no decidí escribir este libro con los típicos consejos del "Doctor amor"; que te dice: *"hagan un listado de sus diferencias, analícenlas, y hagan acuerdos, intenten cambiar y si no funciona pues déjense".* No, yo decidí escribirte la verdad, aunque parezca dura y difícil de asimilar. No te estoy diciendo que seas un masoquista, yo espero en que si decidiste comprar y leer este libro, es porque realmente quieres salvar tu matrimonio y no quieres que se destruya. No debes esperar el cambio de la otra persona, primero tienes que cambiar tu y luego el otro cambiará sin que tu digas nada.

Los hechos hablan más que mil palabras.

Y es que ya no se trata de lo que sientes, se trata de tu amor a Dios y a su palabra deben hacerte reflexionar y cambiar a un AMOR SACRIFICIAL.

Entiende, no se trata de vivir sacrificándote, ni de que tu matrimonio siga gracias a que tú te estás sacrificando, porque el propósito de este libro es que alcances un matrimonio en el cual exista alegría, armonía y felicidad. Pero es necesario que entiendas tanto lo que la Biblia nos enseña, como lo que prometiste en el altar y es que comprendas la química del amor, para que luego entiendas la lógica y el porqué de las soluciones que propongo. Si el objetivo de este libro fuera que vivas un matrimonio infeliz a expensas del sacrificio de alguien, creo que sería mejor no haberlo escrito.

Por eso te invito a que no te pierdas cada uno de los aspectos tratados aquí, porque llevan una lógica y una dinámica que te llevaran a tomar medidas para tener un matrimonio feliz.

Continuando con el tema del amor sacrificial, no se trata de que sufras mal trato, de que sufras violencia, porque tampoco es esa la idea.

Este libro es ideal para que las parejas lo lean al unísono y que cada uno se comprometa y haga su parte.

Pero si lo que quieres es tener un argumento para separarte aquí te van. Pero, eso sí, hare un énfasis aquí: *pero que se quede sin casar. 1 Cor. 7:11.* Esto es controversial lo sé, y también sé que saldrán todos los que defienden las segundas nupcias con argumentos poco convincentes, utilizando versos aislados fuera de todo el contexto.

Es triste ver como hoy en día, muchas iglesias, muchos pastores, defienden el divorcio y el segundo matrimonio, dejando en un segundo plano la institución divina y el santo vinculo del matrimonio. Quiero que leas el siguiente pasaje de 1 Corintios 7: 8-16 y medites, en algunas versiones este pasaje se titula: "problemas del matrimonio. ...*Digo pues a los solteros y a las viudas, que bueno les es si se quedaren como yo.*

Alguien pensará, ¿Pablito porque no leí esto antes? ¡Uff!

Y si no tienen don de continencia, cásense; que mejor es casarse que quemarse. Mas á los que están juntos en matrimonio, denuncio, no yo, sino el Señor: Que la mujer no se aparte del marido; Y si se apartare, que se quede sin casar, o reconcíliese con su marido; y que el marido no despida a su mujer.

12 Y á los demás yo digo, no el Señor: si algún hermano tiene mujer infiel, y ella consiente en habitar con él, no la despida.

13 Y la mujer que tiene marido infiel, y él consiente en habitar con ella, no lo deje.

14 Porque el marido infiel es santificado en la mujer, y la mujer infiel en el marido: pues de otra manera vuestros hijos serían inmundos; empero ahora son santos.

_15_ *Pero si el infiel se aparta, apártese: que no es el hermano o la hermana sujeto a servidumbre en semejante caso; antes á paz nos llamó Dios.*
_16_ *Porque ¿de dónde sabes, oh mujer, si quizá harás salva a tu marido? ¿o de dónde sabes, oh marido, si quizá harás salva a tu mujer?*

Queridos hermanos, está bien que en el mundo prevalezcan las tasas altas de divorcio y el segundo matrimonio se vea como algo normal, pero que estas estadísticas no sean replicadas en nuestras congregaciones. Las palabras "prometo amarte", entonces se convierten en una convicción, en moral, en ética, en principios, no solamente en sentimientos, emociones o sensaciones. Pero por otro lado es triste también que los sentimientos y emociones se pierdan.

Este libro trata de reconstruir y de rescatar lo que se había perdido y solo se puede lograr, anteponiendo nuestro amor a Cristo a nuestros propios intereses.

No es fácil, de ninguna manera lo digo, pero tenemos que descubrir la enfermedad antes de dar la cura.

En capítulos posteriores, expondré las posibles soluciones, pero creo importante hablar primeramente del problema que invade nuestras sociedades, donde el ataque esta fundamentalmente hacia las familias, hacia las relaciones sólidas y permanentes, donde el postmodernismo enseña a que todo da igual, que cada uno es libre de hacer lo que quiera, que cuando ya no sientes nada, busques tu felicidad en otra persona y punto; y que no pasa nada.

El postmodernismo está basado en el egocentrismo, en el narcisismo, en pensar únicamente en MI felicidad.

Ahora bien, ¿qué hay de los hijos? ¿qué pasa con los niños que viven el infierno de la separación de sus padres?, ...no, no es verdad que no pasa nada, no es verdad que se acostumbran, no es verdad que lo aceptan. Hay muchos estudios que demuestran los comportamientos y los resultados de hijos víctimas del divorcio y del segundo matrimonio, tenemos hijos con un corazón dañado, parecen curados, pero con heridas, daños y traumas irreparables.

La mayoría de los delincuentes, de los jóvenes que se introducen en el mundo de las maras, del vandalismo, de la drogadicción, del narcotráfico, son producto de familias desintegradas.

Y es que la estrategia del enemigo para robar, matar y destruir es primero separar, dividir, fragmentar a las familias y que mejor manera de hacerlo que logrando que las parejas se divorcien.

LA EXPERIENCIA DE MI MADRE

Por mi parte doy gracias a Dios que tuve una madre que, por encima de todo, tenía la convicción y temor, pero sobre todo el amor a Dios, incluso aun por encima de sus propios intereses. Brevemente te comento que mi padre era alcohólico, tuvo muchas mujeres, cada fin de semana le propinaba a mi madre golpes tan fuertes hasta el grado de dejarle inconsciente, con la cara desfigurada, ensangrentada, muchas veces mi padre nos puso a mi hermano y a mí a golpearla con la amenaza que si no lo hacíamos él nos golpearía a nosotros. Muchas veces mis hermanos y yo, le dijimos a nuestra madre: - "déjalo, vete, ya no sigas sufriendo". Y ella decía: - "por amor a ustedes y por amor a Dios, tengo que seguir soy hija de Dios y Él me dará las fuerzas para seguir".

Si mi madre hubiese tenido el pensamiento de este postmodernismo, egocéntrico y ególatra, donde solo importa el YO, quien le escribe, jamás hubiese sido médico, jamás hubiera llegado a ser urólogo, jamás hubiera conocido a Cristo ni yo ni mi familia, ni mi padre que después de todo, gracias a la fe de mi madre, gracias a su vida abnegada, se entregó a Cristo para la gloria de su Nombre; y es que realmente como dice la Palabra: *la mujer fiel santifica al hombre infiel.*

Si mi madre hubiera tenido el amor propio más grande que el amor a Dios y a su Palabra, yo jamás hubiera tenido

94

la oportunidad de escribir cantos al Señor y hacerme un salmista para la gloria de su Nombre. Jamás hubiera escrito el libro LA BIBLIA Y LA SALUD, jamás me hubiera sentado detrás de un escritorio y de una computadora a escribir este libro que ahora lees.

No sé qué hubiera sido de mí, no sé dónde estuviera, pues crecí en un barrio marginal de las zonas rojas o, mejor dicho, más peligrosas de mi país. Quizá hubiera entrado al mundo de las maras, de las drogas, de los delincuentes. A decir verdad, eso nunca lo sabré, Por eso doy gracias a Dios que tuve una madre que creía por sobre todas las cosas en el vínculo del matrimonio y en la promesa HASTA QUE LA MUERTE LOS SEPARE.

Hoy en día, mi querido padre falleció siendo salvo por la fe en Jesucristo, pero aún no salgo de mi asombro y no puedo entender como en los últimos días de su vida, mi madre le dijo llorando: -"cumplí mi promesa, estoy contigo hasta que la muerte nos separe, estoy limpia e integra delante de mi Dios, he perdonado todo lo que hiciste y fuiste conmigo, no te tengo ningún rencor, puedes irte tranquilo, te amo y nadie, ninguna mujer, ni la escases, ni las riquezas (porque Dios les bendijo mucho cuando Cristo entro a nuestro hogar), ni la salud, ni la enfermedad, nada pudo separarnos". Mi madre practicó el AMOR SACRIFICIAL que nuestro Señor Jesucristo ejerció, amándonos hasta la muerte y muerte de cruz. Y es que el amor engendrado por

Dios nunca muere. ¡Esto es... PROMETO AMARTE!

En el capítulo 13 del libro de 1 Corintios leemos lo siguiente:

1 Si yo hablase lenguas humanas y angélicas, y no tengo amor, vengo a ser como metal que resuena, o címbalo que retiñe.

2 y si tuviese profecía, y entendiese todos los misterios y toda ciencia, y si tuviese toda la fe, de tal manera que trasladase los montes, y no tengo amor, nada soy.

3 y si repartiese todos mis bienes para dar de comer a los pobres, y si entregase mi cuerpo para ser quemado, y no tengo amor, de nada me sirve.

4 El amor es sufrido, es benigno; el amor no tiene envidia, el amor no es jactancioso, no se envanece;

5 no hace nada indebido, no busca lo suyo, no se irrita, no guarda rencor;

6 no se goza de la injusticia, más se goza de la verdad.

7 Todo lo sufre, todo lo cree, todo lo espera, todo lo soporta.

8 El amor nunca deja de ser; pero las profecías se acabarán, y cesarán las lenguas, y la ciencia acabará.

Si no tenemos amor, nada somos.

A esto es a lo que me refiero, a que llega un momento donde tu amor deja de ser un sentimiento y se convierte

en una convicción. Esto es lo que prometemos el día de nuestra boda cuando decimos PROMETO AMARTE.

Esto es un compromiso tanto de hombres como de mujeres delante de Dios, delante de los hombres y para con nuestros hijos. Pero no se trata de aguantarse, no se trata de vivir vidas infelices, este libro pretende que después de leerlo, puedas recuperar tus sentimientos, tus sensaciones y vivas feliz y conforme con tu cónyuge y familia. Con este libro quiero ofrecerte soluciones para que la chispa que un día hubo pueda resurgir nuevamente. Sé que no es fácil, hay relaciones tan destruidas que solo un milagro podría hacer que la llama del amor resurja. Pero es importante que si quieres salvar tu matrimonio, te comprometas a cumplir con tu papel.

Este mensaje es para ti, que en estos momentos estás pensando o quizá ya tomaste la decisión de separarte, o de divorciarte, piénsalo bien. Haz nuevos votos con Dios y dejas de pensar solo en ti, piensa en tus hijos.

Te aseguro que tu futuro no será el mismo si sigues esforzándote por tu matrimonio, será mejor que si decides tirar la toalla y desistir.

Si tienes hijos y estás pensando en divorciarte hazte las siguientes preguntas:
- ¿Quién será el nuevo padre de tus hijos?
- ¿Quién será la nueva madre de tus hijos?

- ¿Necesitan tus hijos a tu esposo o esposa?
- ¿Crees que nos les afectará?
- ¿Estarán bien cuidados?
- ¿Qué trauma les acarreará tu decisión?
- ¿Qué futuro tendrán, será el mismo?

Es tiempo en que dejes el pensamiento postmoderno y que no pienses solo en ti, en tu propia felicidad, sino más bien, piensa en el AMOR SACRIFICIAL que Cristo te ha dado ejemplo.

Bien, apenas he hablado acerca de una de las promesas dadas en el altar: "PROMETO AMARTE", pero creo que el punto tratado anteriormente es la base de la importancia que los matrimonios sean sólidos y perduren.

Una relación conyugal sana, tendrá una familia sana, unos hijos sanos y por lo tanto una sociedad sana.

En las reglas de la reacción en cadena, cada uno de los matrimonios sanos traerán un resultado benéfico a toda nuestra sociedad.

PROMETO HONRARLE

Esta es otra de las promesas que hacemos cuando nos casamos y hablo de que ambos conyugues la declaran, "prometo honrarle". Al hacer una búsqueda por los diccionarios prácticamente todos conceptualizan la palabra honrar de la siguiente manera:

La palabra honra deriva del latín *honorare* u *honoris* que indica específicamente la glorificación pública de una persona. En este sentido, se asocia con el orgullo por la relevancia social que significa. De alguna manera significa de hablar de lo orgulloso que te sientes de esa persona o de las cualidades que la hacen especial.

En el sentido asociado al verbo honrar, la palabra deriva del griego *timao* que se refiere a la gran estima y consideración hacia algo o alguien. De esta manera, la honra de las personas se refiere al honor personal que abarca respeto, decoro, humanidad e integridad.

El significado bíblico de la palabra honra deriva del hebreo *kabôd* que indica gloria. Honrar a Dios, a los padres y a los conyugues, por ejemplo, implica alabar y estimarlos a través de, el respeto, la admiración y la retribución.

Sinónimos de honra son: respeto, estima, gloria y admiración.

A menudo vemos lo contrario en las parejas el hombre hablando de todos los defectos de su cónyuge, muchas veces, haciéndolos públicos o viceversa la mujer de su esposo. A esto recordar el dicho: "los trapos sucios se lavan en casa". Lejos de honrarles les deshonramos.

La promesa de honrar al cónyuge a veces dura un poco de tiempo, mientras la serotonina aún está circulando por nuestras venas. Al inicio todo es hablar bien de la otra persona, pareciera ser que es una persona sacada de otro planeta, las descripciones que dan de ella o de él son increíbles. Él es bueno o buena para esto; es genial para aquello, es él o la mejor para lo otro, y así muchas virtudes, le das honra, hablas de sus habilidades y poco de sus defectos aun cuando los tenga. Conforme pasan los años la perspectiva va cambiando y se empieza a deshonrar y a decir todo aquello que no le gusta, empiezas a contaminar a la gente con la quien hablas y muchas de ellas empiezan a ver con malos ojos a tu esposo o a tu esposa. No digo que calles los malos tratos y en esto quiero ser enfático, pero quiero que seas sensato o sensata también en tus errores e intentes mejorar.

PROMETO CUIDARLE EN LA SALUD Y EN LA ENFERMEDAD

Es muy fácil cuidarnos cuando somos jóvenes, pues casi no enfermamos, gozamos de buena salud, pero además como vivimos en los primeros días estamos realmente al cuidado de nuestro cónyuge.

- **La esposa:** De repente tienes un resfriado y rápido, escuchas decir ve a la cama, no salgas, te prepararé un té de limón y te daré un antigripal para que no sufras dolor; mi cielo, te llevaré la comida a tu cama mi amor, e iré por una película para que la veas y no te aburras.

El esposo: mi amor, ¿qué te ha pasado, mi reina?, ¿te sientes muy malita?, no te preocupes, vamos al hospital a que te revisen, me preocupa que estés así, ...no quiero que te pase nada malo, espera que voy por tu abrigo para que el frio no te haga más daño.

Conforme pasan los años, todo va cambiando paulatinamente y la misma enfermedad se repite, sin embargo, las reacciones son muy diferentes, y varían mucho de un año a otro, todo se va deteriorando y al cabo de unos años, la misma situación sucede así:

- **La esposa:** (el mismo resfriado) Me alegra y que bueno que estés así, eso te mereces por tu forma de ser, es un castigo divino, Dios me escucha.

El esposo: (el mismo resfriado) Solo enferma vives, no haces nada más que hacerme gastar en medicamentos, no sé en qué momento escogí a una persona tan enferma como tú, yo no tengo dinero para medicamentos, tengo que pagar mil cosas, tomate un par de aspirinas y listo, no exageres el cuadro. No, no exagero.

He tenido que oír los testimonios de matrimonios tanto de mujeres como de hombres, quejándose el uno del otro y reclamando ese cuidado que se prometieron. Pero no solo testimonios como médico, sino también lamentablemente en matrimonios de cristianos.

También he de decir que he visto varias parejas que en la

adversidad se han hecho más fuertes y su amor se consolidan en las luchas.

Es muy lindo ver a esposos cuidando de sus esposas en condiciones de enfermedades crónicas y ojalá así fuera en todos los casos, pero lamentablemente no lo es. He sabido incluso de pastores que predican el bien y la misericordia, que predican la bondad, de la piedad, se atreven a exhortar a sus feligreses al respecto, pero que tienen a sus esposas enfermas pasando precariedades y sin darles el cuidado que ellas merecen, convirtiéndose en maestros de: "haz lo que digo, pero no lo que hago".

¡A dónde vamos a parar!, si las mismas personas que ministran al pueblo de Dios se encuentran viviendo estas situaciones. *Si no podemos gobernar nuestra casa, ¿cómo podremos gobernar la iglesia del Señor? 1 Tim. 3:5*

El Espíritu como siempre con su gran omnisciencia y sabiduría, adelantándose a estos hechos dejó la advertencia en su palabra diciendo: *Y si alguno no tiene cuidado de los suyos, y mayormente de los de su casa, la fe negó, y es peor que un infiel. 1 Tim. 5:8.* El cuidado no se circunscribe únicamente a proveer comida, se trata de cuidar todas sus necesidades, se trata del cuidado en todos los aspectos.

Conozco mujeres que no tienen ni para comprar un chocolate en la tienda, siendo esposas de ministros que hablan de bondad. ***Dura es esta palabra, ¿Quién puede escucharla? Jn. 6:60.*** Y el que tiene oídos para oír oiga.

Muchos varones dejan a sus esposas cuando están enfermas y también las hay esposas que dejan a sus esposos cuando ellos enferman. ¿Dónde está tu promesa de cuidarle en la salud y en la enfermedad? ***Así también los maridos deben amar a sus mujeres como a sus mismos cuerpos. El que ama a su mujer, a sí mismo se ama. Porque nadie aborreció jamás a su propia carne, sino que la sustenta y la cuida, como también Cristo a la iglesia, Efe. 5:28-29***

Aquí quisiera decir, quien cuida a su esposa así mismo se cuida. Pero esto, también aplica a las esposas, tu esposo sale al trabajo, al inicio le ponías refacción, cuidabas de su dieta, te preocupabas de los detalles, pero conforme pasaron los años, con el afán de tu casa y de los niños, poco a poco vas olvidando esa promesa, *prometo cuidarte.* Procurar el bien del otro, es una de las cosas que olvidamos con el paso del tiempo. Pero espero que, al recordarte esa promesa, en la lectura de este libro, te ayude en el nombre de Dios a restaurar aquellas pequeñas cosas y detalles que hacen grandes diferencias.

Esto es *"prometo cuidarte en la salud y en la enfermedad".*

PROMETO ESTAR CONTIGO EN LA RIQUEZA Y EN LA POBREZA

Casi todas las parejas inician con lo básico o un poco menos de lo básico, (claro hay excepciones y hay quienes han tenido la suerte de iniciar sus matrimonios con todas las comodidades). Pero ser fiel al principio, es relativamente fácil; al inicio el amor lo puede todo, y como repito la *serotonina* ejerce un papel muy importante. Aun los problemas económicos pueden ser soportados, pero conforme el encanto del enamoramiento pasa los problemas económicos poco a poco van convirtiéndose en los problemas más serios.

Cuando hay adversidad y escasez, los problemas se hacen mayores, pues muchas veces las necesidades básicas no son cubiertas, y es aquí cuando todo estalla, si el varón no es capaz de levantarse.

-Y digo el varón porque es el más obligado a hacerlo-, debe de tener iniciativa, de ser emprendedor. La tolerancia poco a poco empieza a desaparecer. Recuerda: una de las características de todo varón es la responsabilidad de ser proveedor y protector, cuando los niveles de *serotonina, dopamina* descienden la tolerancia tiende a desaparecer. La Biblia es muy enfática y no quiero volver a tocar el tema de lo que busca una mujer en un hombre, pero si quiero volver a hacer hincapié en que los hombres tenemos que ser proactivos, tener iniciativa, ser emprendedores.

Si se invierten los papeles y la mujer toma tu rol, ten por seguro que tendrás problemas en tu matrimonio.

Muchos matrimonios terminan por el tema económico, así que no dejes que esto dañe el tuyo.

La Biblia dice: *El que halló esposa halló el bien, Y alcanzó la benevolencia de Jehová. Prov. 18.22   La bendición de Jehová es la que enriquece, Y no añade tristeza con ella. Prov: 10:22*

Por otra parte, muchos matrimonios inician con precariedad, pero con el pasar de los años, son prósperos, Dios les bendice y llegan a ser exitosos (si le llamas éxito a tener dinero), el dinero los corrompe y dejan de ser fieles en la riqueza. Fueron fieles en los momentos en que no tenían dinero, pero una vez fueron bendecidos, dejan a sus esposas y empiezan vidas desordenadas, incluso la infidelidad y me refiero a esposas porque esta actitud ocurre sobre todo en hombres, como ya lo he contado esto ocurrió a mi madre.

También he de decir que conozco parejas en donde el hombre por una u otra razón no tiene o no encuentra trabajo y la mujer se constituye la proveedora, en el momento que esto ocurre las mujeres empiezan a tomar el control de las decisiones y es cuestión de un tiempo para que ellas se vayan de las casas y hagan nuevas vidas. Y es que a decir verdad la palabra de Dios tiene toda la razón cuando dice: *el amor al dinero es la raíz de todos los males.*

Es problema cuando no hay y es problema cuando hay. En este punto es donde las parejas tienen que trabajar, y ser correctos en el tema del dinero y saber que la promesa incluye que sea cual sea la situación de uno de los conyugues, si ésta es buena es para ambos y si es mala también.

Escuché en una ocasión en un seminario a una persona que ponía al matrimonio como el ejemplo de una sociedad para toda la vida. En una sociedad todos los socios deben aportar, cuando uno de los socios no aporta inician los problemas, cuando la empresa tiene perdidas se hace frágil y pronto se declara en banca rota y va a la quiebra. Por otra parte, cuando la empresa tiene muchas ganancias, siempre hay algún socio que se aprovecha de ellas y de una y otra manera se agencia, incluso usando astucia en muchas ocasiones, lo cual también pueden llevar a la sociedad a una ruptura. Lo ideal es que el hombre aportara todo lo necesario, pero en estos tiempos y con el alto costo de la vida es casi imposible que solo el hombre sea la fuente de ingresos. Lo importante es que nunca pongas el dinero por encima del amor. El dinero no es la causa de felicidad, aunque así lo parezca, ahora bien, lo que si es cierto es que existen estudios en los que se demuestra que por debajo de un nivel la falta de dinero SI es causa de infelicidad, pero por encima de cierto nivel no provoca más felicidad, por lo tanto, la felicidad depende de otros factores y entre ellos es tu familia unida y prospera, ver como tus hijos se superan a tu lado.

Manténganse libres del amor al dinero, y conténtense con lo que tienen, porque Dios ha dicho: Nunca te dejaré; jamás te abandonaré. Heb. 13:5

Cuando inicie a escribir este capítulo realmente solo tenía la intención de recordarnos las promesas que hacemos, pero conforme empecé a escribir me fueron surgiendo aspectos que considere importantes y cuando me di cuenta ya había escrito mucho. (Espero y le pido a Dios que todo lo que aquí se exponga sea guiado por su Espíritu para que pueda ayudar a restaurar los matrimonios).

PROMETO SERLE FIEL

....y rechazando a todas/os las/os demás, ¿serle fiel mientras vivan los dos? Esto es lo que realmente decimos cuando nos casamos, pero pareciera que justamente en este momento nos dormimos o nos desconectamos del momento.

Bueno entramos a un tema que nos podría llevar otro libro, pero únicamente diré, que recordemos por sobre todo esta promesa. Hablar de ella puede ser que me lleve nuevamente a hablar de temas que ya toqué en el apartado de PROMETO AMARLE y resultaría redundante, pero si quiero hacer mención, de un verso que se encuentra en Malaquías pues creo que resume muy bien lo que a este punto importa:

13 Y esta otra vez haréis cubrir el altar de Jehová de lágrimas, de llanto, y de clamor; así que no miraré más a la ofrenda, para aceptarla con gusto de vuestra mano.
14 Mas diréis: ¿Por qué? Porque Jehová ha atestiguado entre ti y la mujer de tu juventud, contra la cual has sido desleal, siendo ella tu compañera, y la mujer de tu pacto.
15 ¿No hizo él uno, habiendo en él abundancia de espíritu? ¿Y por qué uno? Porque buscaba una descendencia para Dios. Guardaos, pues, en vuestro espíritu, y no seáis desleales para con la mujer de vuestra juventud.
16 Porque Jehová Dios de Israel ha dicho que él aborrece el repudio, y al que cubre de iniquidad su vestido, dijo Jehová de los ejércitos. Guardaos, pues, en vuestro espíritu, y no seáis desleales. Mal. 2:13-16.

Como habrás leído en el primer capítulo, explico las sustancias que participan en el amor, de tal manera que hemos aprendido que en realidad el amor es una química y como puede llegar a comportarse como una droga, cuando a las parejas les invade la monotonía, cuando no se tiene cuidado de hacer cosas juntos.

Los niveles de todos los neurotransmisores y hormonas, es a saber, serotonina, *dopamina, oxitocina, adrenalina,* testosterona, estrógenos y algún otro que en este momento se me escapa bajan y es entonces donde todos nos volvemos vulnerables. Antes se creía que el problema de la infidelidad era solo un asunto que competía a los hombres, hoy en día hay varios estudios que comprueban que la infidelidad en las mujeres alcanza prácticamente los mismos porcentajes.

Lo que se ha descubierto es que el hombre es menos cuidadoso y más fácilmente de ser atrapado por las cónyuges, mientras que las mujeres son mucho más cuidadosas y discretas.

Es alarmante saber esto y repito es por eso por lo que este libro cobra más relevancia. En esta era moderna con el advenimiento del internet y las redes sociales, la infidelidad es más fácil que nunca. Los teléfonos vienen a convertirse en *el lazo del cazador* del cual nos advierte el *Salmo 91:3*. Prácticamente todos tenemos acceso a un teléfono, podemos estar conectados en la distancia, actuar en oculto, el enemigo en cualquier momento puede enviar un señuelo, la figura del lazo del cazador no es para nada exagerada, pues las estrategias de los cazadores para atrapar o cazar a sus víctimas son precisamente esas, actuar en oculto, enviar señuelos, trampas ocultas disfrazadas de mensajes inofensivos, que dan pie a una conversación; y es justamente una conversación con la serpiente la que engancho a Eva en la caída del hombre en el huerto del Edén. Esta es la verdad, lo que te hablo es la vida real, repito no decidí escribir este libro para hablar superficialidades del tema, aunque la verdad duela hay que hablarla, enfrentarla y vencerla.

Hoy en día se cree que por lo menos 28 millones de matrimonios en el mundo se han divorciado debido a las redes sociales
(estudio publicado en Cyber Psychology and Behaviour Journal)

PROMETO SERLE FIEL ...es una de las promesas que más peligro corren hoy en día y al parecer se convierte en un reto para los matrimonios.

En el capítulo 20 del libro de Éxodo, donde están escritos los 10 mandamientos dice: *No cometerás adulterio Exo. 20:14.* O sea que en el Antiguo Testamento se tildaba al hecho consumado, sin embargo, luego en el N.T. Jesús dice algo que es más drástico; y es que tal y como él dijo *no vino a abrogar la ley si no a cumplirla Mt. 5:17,* en el capítulo 5 del libro de Mateo cita: *Oísteis que fue dicho no adulteraras, Mas yo os digo, que cualquiera que mira a una mujer para codiciarla ya adultero en su corazón. Mt. 5:27-28.* Es decir, que con solo el pensamiento se está consumando el hecho. El Espíritu de Dios se adelantaba a estos tiempos donde con la tecnología es muy fácil consumar el hecho del adulterio con los pensamientos, con imágenes, con textos y chats.

PROMETEO SERLE FIEL se convierte en una odisea para los matrimonios hoy en día. El problema se magnifica cuando por un lado alguno de los cónyuges no cumple bien su papel, cuando el veneno de la monotonía empieza a matar, a robar y a destruir los matrimonios. La serpiente se acercará sigilosamente, encubiertamente, silenciosamente utilizando la misma estrategia que uso en el huerto, intentando morder tanto a hombres como a mujeres.

Mas temo que como la serpiente con su astucia engañó a Eva, vuestros sentidos sean de alguna manera extraviados de la sincera fidelidad a Cristo. 2 Cor. 11:3

Como vemos nuevamente, muchas veces no es tema de serle fiel al cónyuge es más importante serle fiel a Dios, el mensaje de Cristo era ese, que fuéramos fieles por amor a Dios.

Es probable que la tentación llegue, pero es ahí cuando tenemos que poner nuestra convicción y amor a Dios por sobre todas las cosas.

Es bien sabido que cuando alguien consuma un acto, sea cual sea, no solo en este sentido, la persona estuvo lidiando en su mente con la posibilidad de hacerlo, por eso Jesús dijo que cualquiera que mirare con ojos de codicia ya adulteró al tener en la mente la posibilidad por eso dice: *Cuando alguno es tentado, no diga que es tentado de parte de Dios; porque Dios no puede ser tentado por el mal, ni él tienta a nadie; sino que cada uno es tentado, cuando de su propia concupiscencia es atraído y seducido. Entonces la concupiscencia, después que ha concebido, da a luz el pecado; y el pecado, siendo consumado, da a luz la muerte. Stgo. 1:13-15*

Miqueas también habla referente a este tema: *¡Ay de los que piensan iniquidad, y de los que fabrican el mal en sus camas! Cuando viene la mañana lo ponen en obra, porque tienen en su mano el poder Miq.2:1*

Y es que realmente la secuencia demostrada en estudios es la siguiente, las parejas entran en monotonía, posteriormente la tolerancia baja, cualquier cosa es motivo de discusión, pelean hasta por la más insignificante situación. Claro todas las sustancias del amor han descendido y la convicción en la palabra no es suficiente, entonces, aparece en escena un tercero o tercera, quien empieza a provocar la liberación de aquellas sustancias que el matrimonio no genera y empieza una conversación al parecer tonta, sin importancia, de igual manera a lo que le paso a Eva ya que la táctica del enemigo siempre es y será la misma.

Porque todo lo que hay en el mundo, los deseos de la carne, los deseos de los ojos, y la vanagloria de la vida, no proviene del Padre, sino del mundo. 1 Juan 2:16

PROMETO SERLE FIEL es uno de los retos más grandes.

Quisiere cerrar este capítulo con el pasaje de ***Núm. 30:2-3. Y hablo Moisés a los príncipes de las tribus de los hijos de Israel, diciendo: Esto es lo que Jehová ha mandado. Cuando alguno hiciere voto a Jehová, o hiciere juramento ligando su alma con obligación, no violará (no profanará) su palabra: hará conforme a todo lo que salió de su boca.***

Espero que hasta aquí la lectura de este libro te esté siendo interesante y útil, al ver hacia atrás creo que la idea original de este capítulo eran unas cuantas páginas, pero poco a poco me di cuenta de que había mucho que escribir.

- 4 -

Problemas Más Comunes en el Matrimonio

Gran parte de las causas de los problemas que finalmente hacen que las personas se divorcien, obedecen a la falta de cumplimiento de los votos hecho en el altar. La mayoría cuando se dan el "sí quiero". ¿Se imaginan el final clásico de las novelas y vivieron felices por siempre?, pero en realidad esto no es nada más que eso, un cuento. Es justamente aquí cuando todo empieza, para bien o para mal.

Los procesos de adaptación a vivir lejos de casa de los padres, de convivir con los hábitos del cónyuge y adaptarse a ellos, cosas incluso tan simples como lo es tolerar los ronquidos; y es que te parecerá exagerado, pero incluso el hecho de roncar y no dejar dormir a la otra persona puede convertirse en un motivo para iniciar a dormir separados.

Cuando la *serotonina* está siendo segregada, todo se puede tolerar, pero cuando sus niveles con el paso del tiempo bajan entonces es donde las personas se vuelven menos tolerantes.

Tan es así que cuando éramos novios el hecho que cualquiera de los dos derramara una bebida de mora en tu camisa o blusa blanca nueva, era hasta un motivo de risa, años más tarde esta misma situación puede ser causa de una grande y acalorada discusión. Pero existen estudios sociológicos que han intentado determinar cuáles son las causas por las cuales una pareja toma la determinación de separarse y divorciarse y a continuación te describiré un resumen de ellas. Solo con el fin que sirvan como un espejo a tu vida matrimonial y si están ocurriendo alguna de estas las corrijas, porque tal como te he dicho, no se trata de cambiar a la otra persona, primero céntrate en cambiar las cosas que te competen a ti.

CELOS Y LA QUÍMICA DE LOS CELOS

El subtítulo es más que sugerente de lo que hablaré, ya que estamos hablando de *la química del amor*, también hablaré de *la química de los celos*. ¿Te has preguntado lo que está pasando dentro de tu cerebro cuando estas celoso o celosa? ¿Por qué reaccionas de manera agresiva? ¿Por qué tienes una mezcla entre ira y depresión? ¿De miedo y confusión?

Es posible que hayas leído muchos artículos acerca que los celos son sinónimo de inseguridad, en este capítulo quiero explicarte el por qué. Creo que es esencial que entendamos como se provocan para que después puedes utilizar herramientas para erradicarlo de tu vida y sanarte de ellos.

En el primer capítulo intenté de una manera coloquial explicarte los fenómenos químicos del amor, así que te sugiero repasarlos si es que no los recuerdas.

Como podrás imaginarte, cuando padeces de celos se tiene una química contraria a la que ocurre cuando se está enamorado.

Aunque las mismas sustancias están involucradas, los estudios sustentan que cuando una persona es celosa o tiene celos tiene niveles bajos de **serotonina**, recuerda que la serotonina es la sustancia que se encarga de la felicidad, de la tolerancia, de darte confianza y seguridad, si los niveles de serotonina descienden pues se tendrán reacciones contrarias: *infelicidad, intolerancia, desconfianza e inseguridad.*

La **dopamina** también está involucrada dándote los comportamientos *obsesivos compulsivos* con los que actúas cuando tienes celos. Recuerda que la dopamina es la encargada de causarte adicción ya que esta actúa sobre todo en el sistema de recompensas, tu anhelo de aceptación hace que busque obsesivamente la aceptación del conyugue y te hace sentir miedo de perder aquello que muchas veces te provocó sensación de bienestar o recompensa. Como te lo explique, la *dopamina* es la causante de que las personas que juegan en los casinos se hagan adictas y tomen actitudes obsesivas-compulsivas a fin de satisfacer sus ansias de jugar y ganar.

De la misma manera es la dopamina la que te vuelve compulsivo, por la falta de recompensas, la falta de ganar, eso hace buscar a toda costa esa sensación.

Por otro lado, la **testosterona y el cortisol** están actuando de una manera en que provocan la agresividad con la que actúas, te hacen defender tu territorio. Es normal sentir de vez en cuando un poco de celos.

Pero hay celos enfermizos que tienen prisioneras a las personas que los padecen, de tal manera que la paranoia que le provoca hace que las relaciones puedan destruirse.

Los celos obedecen tanto a factores intrínsecos (es decir factores internos) como extrínsecos (factores externos).

FACTORES INTRÍNSECOS

Estos son factores como experiencias pasadas, experiencias con parejas anteriores que te dejaron marcadas, pueden ser incluso traumas de tu niñez. Por ejemplo: si en tu hogar viviste escenas de celos o tuviste mala experiencia con alguno de tus padres, todos estos factores están dentro de ti y esto te puede hacer actuar de una manera de intentar evitar esas experiencias nuevamente; tu no lo haces conscientemente, pero si subconscientemente. Todos esos registros están allí y tu cerebro intenta protegerte de esas malas experiencias. El problema es cuando tu trasladas todos esos miedos y malas experiencias a tu matrimonio o a tu novio o novia, porque puede ser que sin ningún motivo tú los empieces a agobiar con celos. ¡Ten cuidado porque puedes destruir tu matrimonio o tu noviazgo!

Creo que es fundamental que tengas claro todos estos conceptos para entender bien la naturaleza de los celos y poder actuar correctamente. Recuerda si estas leyendo este libro es porque estás dispuesto a salvar tu matrimonio.

LOS FACTORES EXTRÍNSECOS

Como su nombre lo indica son factores fuera de ti, estos factores si bien es cierto se pueden conjugar con los factores internos y potenciarlos, más bien tienen que ver con lo que estás viviendo con tu cónyuge o en tu noviazgo.

Si en algún momento tuviste algún problema de infidelidad con tu cónyuge esto definitivamente te hará sentir inseguridad y miedo de una nueva traición.

Puede que, si ves a tu conyugue atender una llamada pienses que está hablando con una tercera persona, o si le ves escribiendo también puedes creer lo mismo. En un capítulo posterior propondré soluciones a estos problemas, pero de momento te diré que en este punto el papel del cónyuge juega un papel muy crucial, para poder darle la seguridad a la persona que está padeciendo de celos. Esta son mis sugerencias: cuando atienda una llamada y ambos están juntos, no se vaya a otro lugar. Trate de usar menos las redes sociales para comunicarte, como lo he escrito anteriormente. ¡Piense! por lo menos 28 millones de matrimonios han terminado y se han divorciado debido a las redes sociales.

Te invito a que leas en el libro de **Números capítulo 5: 14-31** las leyes de los celos. El libro de proverbios también hace referencia a los celos: **Porque los celos son el furor del hombre, no perdonara en el día de la venganza. No tendrá respeto a ninguna redención; Ni querrá perdonar, aunque multipliques los dones Prov. 6:34-35**. Los celos también están descritos en el libro de los Gálatas como obras de la carne **Gal. 5:20.**

INFIDELIDAD

Aunque algunos dicen que en la actualidad la infidelidad no es la mayor causa de separación, se sabe que es una de las causas más importantes y que tienen daños y consecuencias muchas veces irreparables e irremediables. Pero al igual que en los celos intentare explicar por qué se produce infidelidad, pues no es mi propósito decirte el diagnóstico sin ofrecerte la explicación y después poderte dar la medicina. Cuando pasan los años la mayoría de las parejas empiezan a tener vidas monótonas, el día a día va ahogando el matrimonio, esto hace a su vez, que las parejas empiecen a distanciarse y sin darse cuenta cada uno lleva una vida separada una del otro.

Está demostrado que después de 5 años la frecuencia de encuentros íntimos baja drásticamente a 2 a 3 veces por semana, luego conforme avanzan el tiempo es una vez por semana, luego cada 15 días, cada mes y así poco a poco se va muriendo la relación.

Aunque debería tratar a la **monotonía** en otro apartado, me parece conveniente citarlo en este, debido que es precisamente ésta, la que da origen a que las personas busquen nuevas emociones en otras personas y con esto se da la infidelidad.

Lo que sucede es lo siguiente: cuando los niveles de *serotonina, de oxitocina,* de *dopamina, adrenalina* bajan, debido a que la monotonía entro a tu hogar, las personas tienen una memoria y quieren volver a sentir estas sensaciones, (claro, esto no es algo consciente). Las personas explican que les hace falta algo, que incluso no saben que es.

Lo que les falta es la alegría que le provoca la *serotonina,* la sensación de ganar y de adicción que produce la *dopamina*, la sensación de apego que da la *oxitocina*, la aceleración de los latidos del corazón que da la *adrenalina*.

Y es por eso, que las personas empiezan a buscar estas reacciones químicas en otra persona y de esta manera es como puede darse una infidelidad en el matrimonio. Por esto, como antes lo he dicho es importante que conozcas todo esto porque así entenderás el porqué de los consejos que daremos para hacer los cambios pertinentes que permitan que tu matrimonio se mantenga feliz y no sea un compromiso por los hijos o un amor sacrificial por el cual tu matrimonio continúe.

MONOTONÍA

Como lo he explicado antes este es un factor muy importante en el tema de las relaciones conyugales, no permitas caer en este error, porque de este se pueden derivar muchos otros. Cuando tenías novio, estabas buscando la manera de hacer las cosas juntos, de ir a dar un paseo por un parque, de ir a tomar el sol en una terraza, de ir a una playa o una piscina, ir a un viaje de aventura, de pasar una tarde tocando la guitarra y cantar canciones juntos, ir a patinar con los amigos, y ¿sabes qué? todo esto lo que provocaba era subidas de las sustancias que hemos estado mencionando, se sentían felices, alegres, ganadores, se sentían queridos y amabas con todas las fuerzas.

Todo cambia en el matrimonio, (no digo que en todos, porque hay parejas que siguen teniendo actividades juntos y son precisamente a estas parejas las que les va mejor en el matrimonio),

sin embargo, en la gran mayoría de parejas caen en la rutina del día a día y debido a eso sus relaciones se vuelven planas, sin ninguna emoción, sin ningún pico de *adrenalina,* de *serotonina* y del resto de sustancias. El enemigo más grande de un matrimonio es LA MONOTONÍA, el dejar de ser creativo, de divertirse juntos.

Todo gira en torno al trabajo y los hijos, si ya caíste en la rutina sal pronto de allí, antes que tu relación se deteriore más, ya que en etapas tardías de las relaciones que tienen conflicto o están a punto de separarse el daño es tal, que ninguna medida podría ser suficiente.

En estos casos es donde apelo al amor de Dios, al ejemplo del amor sacrificial de Cristo, por encima del amor marital, porque gracias a este amor si serás capaz de darle otra oportunidad a tu matrimonio. Es difícil y complejo, lo sé, pero este es el camino, si, como en todo, Cristo es el camino, imitarle a Él, en este caso imitar su amor también te puede salvar.

Si realmente quieres darle una nueva oportunidad a tu matrimonio tendrás que hacer cambios, darle nuevos aires a tu matrimonio.

Quiero que te quede claro que el amor no es algo que "se piensa", es algo que *se siente*, y lo que tienes que hacer que tu conyugue sienta y no que piense.

Creo que he escrito suficiente acerca de los valores, de la moral, de la ética personal que te harán pensar bien tu situación, pero tienes que saber que el amor se siente, no se piensa. Y cuando tienes una vida matrimonial monótona, no provoca ninguna reacción. Cuando hablo de romper la monotonía, tampoco te digo que tengas una cena romántica, porque este tipo de cosas no provocan ningún tipo de reacción química, es más fácil que en una cena "romántica" termines discutiendo de los mismos problemas, que de realmente darle un nuevo aire a tu relación.

Aconsejo más bien tener actividades que provoquen emociones, por ejemplo: ir a dar un paseo en bicicleta o ir a caminar por un sendero natural por decir algo.

FALTA DE COMUNICACIÓN

Dicen que la mayoría de los matrimonios que superan los diez años hablan un promedio de 4 minutos al día. Si has ido entendiendo como es la química del amor, entonces poco a poco podrás saber que una cosa lleva a la otra, la disminución de las sustancias del amor provoca todo.

Sin embargo, La falta de comunicación es consecuencia de varios factores y entre ellos la desigualdad de personalidad y de intereses.

Para que una relación sea duradera deben tener por lo

menos un proyecto o meta en conjunto por la cual ambos trabajen. Es decir, tú puedes ir a tu trabajo de administrador y tu esposa puede ir a su trabajo de secretaria, sin embargo, debe haber un punto por el cual ambos deben luchar, y no me refiero a los hijos, ya que eso es una obligación, tampoco me refiero a una casa. Me refiero a tener un proyecto en común, por ejemplo: emprender un *negocio*, iniciar algún curso para luego planificar sacarle provecho a lo aprendido en pro de ambos. Muchas veces lo que pasa es que los intereses de uno son diferentes a los de otro y eso está bien, pero los intereses deben converger en por lo menos un proyecto a largo plazo.

Además, he dicho que la falta de temas de conversación es lo que hace muchas veces que la falta de comunicación sea un verdadero problema, porque muchas veces la brecha que existe entre uno y otro es muy amplia, esto hace que los temas de conversación sean pocos o nulos y nuevamente se cae en la monotonía de hablar solamente de aspectos relacionados a los hijos. Es importante que cada día se mejoren, cuando hablo de esto pareciera ser que me refiero solo en una vía, pero me refiero a los dos.

...tanto hombre como mujer deben mejorar, leer, instruirse, la mejora constante es algo que la mayoría dejan de hacer.

Es muy grato que cuando llegas a casa, cansado o cansada

de tu trabajo, tu cónyuge te hable algún tema interesante del cual tú no sabes y eso te saque del ambiente del trabajo, e incluso de los temas típicos del hogar. Esto requiere esfuerzo de ambos, porque hay parejas donde la mujer es la que tiene más experiencias en el día a día y una grata conversación puede sacarle de la rutina. Siempre hay uno de los cónyuges que adquiere más experiencias en el día, pero la otra persona puede compensar con un tema de interés actual.

La falta de comunicación se va dando poco a poco y sin darse cuenta se empieza a dejar espacios sin hablar más y más largos. Cuando te das cuenta son dos extraños que simplemente interpretan un papel familiar.

Hay otras ocasiones en donde a tu esposo o esposa no le fue bien en el trabajo o en la casa, y no se adquiere la sensibilidad o la empatía de verle mal, más bien por el contrario, se comienza a hablar y a hablar sin parar de temas ambiguos que no se ajustan a los hechos pertinentes. La mujer, solo habla para dar quejas de los hijos, sin poder realmente ofrecer alguna palabra que pueda paliar al marido su necesidad emocional.

La comunicación es vital y la sensibilidad para reconocer un mal momento para dar una palabra de aliento es de suma importancia.

Deben de esforzarse para conocerse mejor y tener la

capacidad de saber incluso cuando es necesario callar.

El egocentrismo del postmodernismo hace que cada uno crea que su situación es la más importante, la mayoría cree que la vida gira en torno a él o ella y actuando con egoísmo, quieres que se te escuche, pero tú no oyes a nadie. Muchas veces la "comunicación" simplemente se limita a un monologo.

Además, el tema de la comunicación se hace más complejo de lo que creemos, pues si alguna vez has leído sobre programación neurolingüística, sabrás que existen tres maneras de ver el mundo.

1. Los visuales
2. Los auditivos y
3. Los quinestésicos

Aunque no es el propósito de este libro, encuentro importante mencionarlo, aunque sea de una manera superflua.

VISUALES

Son los que ven el mundo a través de los ojos, la mayoría de la información que su cerebro procesa entra en gran porcentaje por lo que sus ojos ven y perciben. Estas personas tienen verbos predominantes a la hora de comunicarse, como, por ejemplo: ver, mira, viste, ves.

AUDITIVOS

Como su propio nombre lo dice estas personas perciben el mundo por lo que oyen, por lo que escuchan, por como lo escuchan, el tono con que les hablan. Estas personas constantemente usan verbos como escuchar, oír, oiga, escúcheme, óigame, decir.

QUINESTÉSICOS

Estas personas perciben el mundo por lo que sienten, por sensaciones, para ellos el tacto está muy desarrollado porque perciben lo áspero de una superficie. Los quinestésicos son más personas que escriben poemas, que escriben libros, que pintan un cuadro, son más sensibles.

¿Por qué es importante que entiendas esto? Porque dependerá de cómo la persona ve el mundo así será su comunicación y aunque hables el mismo idioma no siempre hablas el mismo lenguaje. Para un auditivo no le hace falta mirarte para escuchar o atender lo que le dices, sin embargo, una persona visual necesita que le estén mirando a la cara y a los ojos, mientras se comunica, de lo contrario piensa que no le están prestando atención. A un quinestésico necesita que le describas las cosas. Esto es muy utilizado por los vendedores y a manera de ejemplo te diré más o menos como funciona: llegas a un concesionario de vehículos y se acerca el vendedor, mientras tú le hablas él está prestando atención a los verbos que utilizas, a la manera en que mueves los ojos, para detectar el lenguaje que usas; es decir visual, auditivo o quinestésico.

Dependiendo de eso te ofrecerá el vehículo en tu lenguaje, si eres visual te dirá: mire, vea el color, la combinación con la tapicería, observe el motor de 3000 cc. Mientras que a un auditivo le dirá: escuche el sonido del motor de 3000 cc, tiene unas bocinas marca (x) con un potente ecualizador para que escuche su música favorita, si los asientos son de cuero se asegurara que tu escuches el rechinar del mismo. Por último, si eres quinestésico te dirá: sienta la textura de los asientos, sienta el olor a cuero, siéntese y pruebe lo cómodo que son sus asientos.

Lo importante de estos ejemplos es para que entiendas, porque puede ser que tu cónyuge perciba todo por los ojos y tú seas auditivo entonces, hablan el mismo idioma, pero en diferentes lenguajes.

Puede ser que a tú conyugue le gusta sentarse en la terraza y sentir la brisa del aire golpear en su rostro, sentir como los rayos del sol calientan su piel y a ti te parezca una tontería, déjalo es quinestésico, percibe el mundo por sensaciones.

A ti por ejemplo te gusta que el plato que te llevan tenga buen aspecto, que luzca bien y tu conyugue está más preocupado por el sabor, es que uno es visual y el otro quinestésico, hablan diferente leguaje.

Esto hace que cada vez nos centremos en conocernos más y entender que al que le gusta oír música, o escuchar una historia y le entretiene más una charla, pero a ti por el contrario prefieres más un programa de televisión, simplemente es porque uno es auditivo y el otro visual. Quiero que notes esto: difícilmente te encontrarás a alguien que sea cien por ciento visual o cien por ciento quinestésico, normalmente siempre tenemos una mezcla, pero definitivamente una de las tres predomina en cada uno.

En cuanto a la comunicación hay mucho que hablar, pero quiero que observes algo que afecta mucho a la pareja, *y es la forma en que pides o dices las cosas*. Puedes pedir una camisa diciendo: cariño, voy muy retrasado, ¿puedes traerme una camisa blanca que está en el armario por favor? O por el contrario decir alterado: ¡Hey tú! - "...Deja de rascarte la barriga, haz algo y tráeme una camisa blanca, pero rápido que voy de prisa". Es la misma petición, es la misma acción la que pides, pero la manera de hacerlo es muy diferente.

La Biblia dice: *La blanda respuesta aplaca la ira: Mas la palabra áspera hace subir el furor. La lengua de los sabios adornara la sabiduría: Mas la boca de los necios hablara sandeces Prov. 15:1-2.* Puedes pedir algo sin subir el tono de voz, sin gritar, puedes pedirlo por favor, puedes pedirlo gentilmente. En mi libro La Biblia y La Salud puedes encontrar un capítulo entero que te habla acerca de la ira, de las emociones y la inteligencia emocional.

La comunicación no se circunscribe únicamente a las palabras, también al lenguaje corporal en la forma como las dices.

Un gesto con una sonrisa es distinto a un gesto de ceño fruncido, de hecho, se cree que el 70% de lo que decimos lo hacemos con el lenguaje corporal, de tal manera que algunos sobre expresan una situación con su exagerado lenguaje corporal.

A la hora de comunicarte:
- cuida tu lenguaje corporal,
- moldea el tono de tus palabras,
- la manera en que lo dices y las palabras que utilizas.

Alguien sin duda dirá: - *"es que si no le grito y no le hablo así no hace caso"*. (risa), y si, ...probablemente tengas razón, por eso esto, es algo que tienen que leerlo juntos, uno para ser un buen emisor y otro para ser buen receptor.

Todo lo anterior sin duda alguna te ayudará a que tengas una mejor comunicación en tu matrimonio. Por último, quiero añadir que *la falta de comunicación* es la encargada de que *no se pueda resolver los conflictos maritales*. No puedes comunicar lo que quieres si lo haces con un lenguaje corporal y tono inadecuado, quizás con el mismo idioma, pero con otro lenguaje de percepción. Trata de que tu mensaje llegue y se entienda y no solo sirva para discutir y faltar el respeto, en cuyo caso es mejor callar.

FALTA DE TOLERANCIA

Frases comunes: "…Es que no lo/la tolero", "…es que me he dado cuenta, de que no somos compatibles", "…no terminamos de encajar", son algunas de las quejas comunes que escuchamos decir, de hecho, un gran número de divorcios terminan por causa de la incompatibilidad.

Como he ido exponiendo en cada uno de los puntos anteriores, **todo es consecuencia de que la química del amor no está en sus mejores momentos** y no redundare una vez más en las sustancias que intervienen en ella, porque después de todo lo que hasta aquí has leído espero que ya seas un experto en el tema. Si bien es cierto la Biblia nos llama a tolerarnos y a soportarnos creo que, en el matrimonio, más que eso lo que se debe de hacer es aceptarse uno al otro.

Lo primero que se tiene que aceptar: *"no todos son ni piensan lo mismo"*, segundo: *"todos tienen errores"*; incluso tú, (nadie escapa a este precepto). "Algunas personas son gruñonas, otros estresadas, otras calladas, otras gritonas, otras tranquilas, algunas quizá pasmadas", pero lo importante es que también todos tienen un lado bueno. De hecho, si tu cónyuge no tuviera nada bueno, no estarían casados. Fueron precisamente todas esas cosas buenas las que una vez te enamoraron.

Enfócate pues, en las cosas positivas más que en las negativas.

Reflexiona dentro de ti mismo y analiza tus defectos y errores e intenta (en un término corto de tiempo) cambiarlos.

Lo más importante es cambiar yo y no intentar cambiar a la otra persona, es más probable que le hagas cambiar haciendo las cosas de diferente manera, de lo contrario toda la vida estarás en confrontación en guerra de egos.

Romanos 12:3 Digo, pues, por la gracia que me es dada, a cada cual que está entre vosotros, que no tenga más alto concepto de sí que el que debe tener, sino que piense de sí con cordura, conforme a la medida de fe que Dios repartió a cada uno.

En este pasaje la Palabra te llama a la cordura, ya que en muchos hogares alguno de los cónyuges se siente superior, lo cual le lleva a ser menos tolerante con el cónyuge, las personas empiezan a pensar que merecen a alguien mejor.

La palabra de Dios nunca pasara de moda, lo mismo que fue, es lo mismo que es y lo mismo que será, por lo tanto, es un presente eterno. Siempre se ha adelantado al pensar de los humanos en todos los tiempos incluyendo este, en el cual los avances de la ciencia parecieran ser una copia de los días de Babel.

Al hablar de falta de tolerancia también estamos hablando de la falta de adaptación a las manías, costumbres, hábitos de la otra persona

La manera de masticar al comer, la manera de dormir, roncar, si es o no desordenado o desordenada, la manera en que toman los cubiertos, dejar la pasta de dientes destapada, salpicar el espejo, dejar las toallas tiradas y desordenadas por mencionar algunas. Parece mentira, pero hay personas a quienes les es más fácil perdonar una infidelidad que tolerar los hábitos de la otra persona.

No se trata de quien ganó, no se trata de tener la razón, porque en el momento que alguno gane, perdieron los dos.

El matrimonio es cosa de dos, por lo tanto, ambos tienen que ganar, más que aprender a tolerarse hay que aprender a aceptarse.

Sin embargo, esto también hay que equilibrarlo pues por el bien de tu relación tienes que hacer cambios. Hay cosas que son de sentido común, pero hay personas obstinadas y orgullosas que no cambian porque no quieren hacerlo.

PROBLEMAS ECONÓMICOS

Los problemas económicos son sin duda alguna un problema en muchos matrimonios, las deudas, la incapacidad para poder pagarlas, el mal manejo de las finanzas del matrimonio, la avaricia y mezquindad de parte de alguno de los cónyuges, tarde o temprano hacen que las relaciones se deterioren y que el divorcio sea inminente. Al inicio todas las parejas son capaces de tolerar la precariedad y la escasez, de abstenerse de algunas necesidades, de pasar los días con lo básico, pero conforme el matrimonio avanza y llegan los niños este estado empieza a ser causa de discusiones y de problemas. En algún momento de mi vida veía programas de investigadores en los cuales muchos de los problemas económicos, terminaban con infidelidades, esto ocasionaba una reacción en cadena que podía terminar incluso en asesinatos. O también muchas veces la avaricia de alguno de los cónyuges y el deseo desmedido de quedarse con los bienes del matrimonio o de herencias o el cobro de la póliza de algún seguro de vida de igual manera terminaba en homicidio. Por otro lado, personas que no podían soportar los problemas económicos que los llevaban al suicidio. Claro estos son casos extremos, pero los narro en el contexto de lo que el dinero puede ocasionar. Los tiempos difíciles no son el mejor momento para tomar decisiones, los momentos difíciles son para buscar soluciones y no culpables, a menudo una situación económica precaria lleva a las parejas a culparse el uno al otro.

Aconsejo a las parejas jóvenes o incluso a los que todavía son novios que puedan instruirse en educación financiera, para no gastar más de lo que ganan, pero mejor aún para poder ahorrar para invertir y juntos construir un camino de libertad financiera.

Un gran problema es que la mayoría de nosotros no sabe nada de administración financiera, las escuelas y las Universidades no nos enseñan nada al respecto, por tal desinformación se cometen muchos errores. Se compran cosas innecesarias dejando a un lado las necesarias. La apariencia ante la sociedad parece ser más importante que construir algo sustentable con el pasar del tiempo, se gasta en ropa de moda, en carros del año; no digo que este mal, lo que está mal es hacerlo cuando no se tiene la solidez financiera para hacerlo. Muchas parejas tienen sueldos muy modestos y andan con teléfonos que cuestan 2 o 3 veces su sueldo de un mes. Lo que quiero decir es ¡edúcate en las finanzas!

La Biblia nos enseña mucho acerca de este tema, y algo bien importante que debes de tener en cuenta es: *hay un tiempo, tiempo de sembrar y tiempo de cosechar Eccle: 3:2*.

Muchos matrimonios jóvenes empiezan a vivir como si estuvieran en tiempo de segar, cuando en realidad están en tiempo de sembrar, el no entender los tiempos de Dios, trae desequilibrio en las finanzas. Da primero a Dios sembrando con generosidad y verás como las cosas te fluyen en abundancia.

Estoy escribiendo este capítulo justo en medio de la pandemia de coronavirus (covid-19) y vemos como muchas personas están sufriendo escasez, en el libro de Proverbios la Biblia nos hace una reflexión al respecto: *Ve a la hormiga, oh perezoso, Mira sus caminos, y sé sabio; La cual, no teniendo capitán, Ni gobernador, ni señor, Prepara en el verano su comida, Y recoge en el tiempo de la siega su mantenimiento. Perezoso, ¿hasta cuándo has de dormir? ¿Cuándo te levantarás de tu sueño? Un poco de sueño, un poco de dormitar, Y cruzar por un poco las manos para reposo; Así vendrá tu necesidad como caminante, Y tu pobreza como hombre armado. Prov. 6:6-11.*

Hagan un plan a corto plazo, mediano plazo y a largo plazo, en donde el ser asalariado y tener un trabajo seguro no sea tu opción a largo plazo. La pareja junta puede construir muchas cosas, mientras el esposo va a trabajar, la esposa puede aprovechar el tiempo en que los niños están en la escuela y dedicarlo para promocionar o perfeccionar aquel sueño que ambos tienen. Conozco parejas que juntos inician un negocio y esa unión les ha hecho fuertes y el día de hoy no se arrepienten de haber dejado sus trabajos para emprender algo nuevo, pues han alcanzado libertad financiera. No te digo que sin pensarlo dejes tu trabajo, de ninguna manera, te digo que tengan planes financieros juntos, sobre todo confiemos en Dios ya que *la bendición de Jehová es la que enriquece y no añade tristeza Prov.10:22*.

Cuando trabajen por un proyecto en común, cuando juntos alcancen metas o incluso cuando juntos se equivoquen y fracasen, no habrá un fracaso, sino todo lo contrario te darás cuenta de que en realidad el dinero poco importa cuando juntos han luchado por salir adelante y lo mejor aún te darás cuenta de que más importante que el dinero es ser feliz en las buenas y en las malas.

Insisto no solo a los jóvenes sino a todos que procuren tomar cursos de educación financiera.

Es algo habitual también ver la desigualdad o falta de equidad que ocurre en los matrimonios hablando desde el punto de vista económico.

En la mayoría de los casos los varones tienden a manejar las finanzas de una manera desigual; muchas mujeres tienen que estar mendigando a sus esposos, la mezquindad, la avaricia y la codicia del esposo sobrepasa los límites.

Algo similar se ve en mujeres que tienen mejores empleos que los hombres, pero los estudios demuestran que la mujer tiende tener menos estos comportamientos y además, desde ningún punto de vista me parece correcto que un hombre no sea lo suficientemente capaz de buscar la manera de ganarse la vida de una manera honrada. La mujer por su parte está más dada a la vanidad a ostentosidad y es de lo que se tiene que guardar. Esto sin duda alguna tarde o temprano, llevará a tener problemas en el matrimonio, si no quieres que tu relación se deteriore o si ya lo está y realmente lo quieres salvar, es un patrón que tienes que cambiar.

YUGO DESIGUAL

La Biblia establece: *No os unáis en yugo desigual con los incrédulos; porque ¿qué compañerismo tiene la justicia con la injusticia? ¿Y qué comunión la luz con las tinieblas?* Este verso es utilizado con bastante frecuencia para aconsejar a los jóvenes sobre evitar tener noviazgos con no creyentes. A decir verdad, el *yugo desigual* va más allá que eso. Dentro de las congregaciones hay jóvenes que iniciaron un noviazgo y luego se casaron, sin embargo, al cabo de poco tiempo pelean y aunque siguen juntos viven vidas totalmente indiferentes y separadas el uno del otro (divorcios de hecho). Otros se separan y finalmente otros se divorcian. He dejado este inciso para el último, ya que mucho de lo que se ha tratado en este capítulo, tiene que ver con esto. Intolerancia, incompatibilidad, diferencias económicas, de raza, de costumbres, de crianza, diferencias de edad, y diferencias en niveles de educación.

El tema de que un joven o una señorita cristiana no establezca lazos románticos de noviazgo, ni siquiera lo tocaré en este punto, ya que creo que de eso hay mucho escrito y todos hemos oído sermones al respecto, además la Biblia está llena de consejos al respecto. Me preocupa más el hecho de que muchos matrimonios hoy en día están sufriendo las consecuencias de no haber acatado este mandamiento.

Continuando con que el yugo desigual va más allá que lo que creemos habitualmente, te pondré ejemplos que si tienen parecido con la realidad es pura coincidencia. Una joven puede pensar: - *"yo no me caso con sus padres"*, lo siento mucho no tienes razón, te casas con todos y hasta con la mascota de la casa, por lo tanto, tienes que adaptarte a las rutinas de la familia del novio. Tienes que adaptarte a la forma de ser de cada uno de ellos, el no hacerlo te traerá serios problemas, tenlo por seguro, y estoy hablando de matrimonios de dos jóvenes que se conocieron en la misma iglesia, la falta de aceptación de alguna parte de la familia ya sea por aspectos culturales, sociales, hábitos o incluso raciales, puede llevar a problemas que pueden ser causas de separaciones e incluso divorcios.

También hay casos en donde el esposo tiene llamado a servir a Dios y la esposa no lo apoya, ¿puedes creer que hasta el deseo de servir a Dios de una de las partes y la indiferencia de la otra es motivo de separación?, o ¿en dónde él está llamado a servir en una dirección y ella en otra, con metas diferentes? Hay casos donde por ejemplo uno de los dos es entregado a buscar a Dios y a servir y el otro es alguien que apenas le dan ganas de ir a la iglesia, aunque creen en lo mismo, van a la misma iglesia tienen niveles espirituales muy distintos.

Espero que si algún joven lo lee también pueda ofrecerle algún tipo de consejo. Como lo he dicho antes en este libro no abarco el tema de casarte con un inconverso porque de eso hay mucho escrito, esto va más enfocado a los matrimonios que ya están establecidos en quienes quizá esta desigualdad con el paso del tiempo se hizo muy palpable y causa de problemas.

Para los casados es importante que en Cristo logren la igualdad, solo la unidad con Cristo podrá dar una unidad e igualdad con el cónyuge.

Algunos quizá se casan con alguien de otro nivel social, o profesional, intelectual, o de otra raza. Quizá en el momento del enamoramiento, eso no importaba tanto, pero vuelvo a decirlo, una vez se termina la química, *"se empieza a dejar de tener tolerancia y se empieza a ver más lo defectos que las virtudes"*.

Sé que esto no siempre es así, pero tristemente pasa, personalmente conozco jóvenes que se casaron, con una persona de una clase social más baja o con un nivel educativo muy superior. Con el paso del tiempo llegan los problemas justamente en estas áreas, las que habían *pensado que eso no importaba*, pero lamentablemente si importó y mucho, al grado que terminaron la relación, entonces creo que mencionarlo es de suma importancia.

Como hijos de Dios, engendrados y nacidos de nuevo, debemos tener en cuenta lo que dice Pablo en Romanos 12:3. *Digo, ...que no tenga más alto concepto de sí que el que debe tener, sino que piense de sí con cordura, conforme a la medida de fe que Dios repartió a cada uno.*

Como matrimonio se tiene que dejar la arrogancia, dejar los clasismos, se debe dejar de ser ignorantes creyéndose superior, solo porque se adquirió un título Universitario.

Nada hagáis por contienda o por vanagloria; antes bien con humildad, estimando cada uno a los demás como superiores a él mismo; no mirando cada uno por lo suyo propio, sino cada cual también por lo de los otros Fil. 2:3-4.

En el momento en que te constituiste marido y mujer cualquier diferencia debe desaparecer, pero por encima de todo, el amor debe permanecer por lo largo de los años. Sé que hay parejas que están pasando por este tipo de conflicto y te digo nuevamente:

El amor a Dios, a su palabra debe estar por encima de

cualquier desigualdad en tu vida.

Hemos cerrado los ojos o hemos callado en estos temas y por esta razón vemos a los matrimonios supuestamente cristianos, presentando una vida de apariencia ante la sociedad y ante la iglesia, pero viviendo una realidad muy distinta con sus actitudes. Mujeres sufriendo maltrato psicológico y físico siendo tratadas de manera despectiva de parte de varones que se sienten superiores intelectualmente, económicamente, o se sienten de una familia de abolengo. Cuando alguna muchacha pensó que la vida era similar a una novela romántica, donde la protagonista era alguien pobre y sin estudios y se casó con un príncipe famoso y fueron felices por siempre; (no digo que esto no pase alguna vez), lo que digo es que:

"la desigualdad es una de las causas de separación y divorcio comprobadas por muchos estudios sociológicos y no podemos hacer ojos ciegos a esto y no abordarlo".

Si tú eres un varón que tienes un nivel profesional alto, o si tú eres una mujer con un trabajo mejor al de tu esposo (porque, aunque en menor escala, también pasa al contrario donde la mujer es superior en alguna área al hombre), en cualquiera de los dos casos, *un día decidieron unir sus vidas y se prometieron miles de cosas* ...es momento que la convicción y el amor a Dios, a su palabra den un fruto en ti siendo uno en Cristo Jesús.

¡Supérate! Aun cuando quizá iniciaste en un nivel más bajo al de tu cónyuge el hecho de mejorarte cada día te acortará las distancias. Como te he dicho una y otra vez cuando te esfuerzas cada día por ser mejor, no tienes más opción que ganar y ganar, siempre ganarás. Puedes hacerte experto o experta en alguna área en la cual tu cónyuge no tiene ni idea. Dios llama a mejorar constantemente, recuerda que la *senda de los justos es como la luz de la aurora que va en aumento hasta que el día sea perfecto.*

Uno de los problemas más grandes al hablar *de yugo desigual* es aquel donde: "*los esposos no tienen relación con los suegros o por el contrario las esposas no tienen relación con la familia del esposo*"; en ambos casos, si no se trata bien el tema, esto puede ser una causa de separación y divorcio. Antes de casarte, tienes que reconocer que la familia de tu cónyuge automáticamente se convierte en tu familia, por lo tanto, tienes que buscar las áreas en las que puedan convivir. ¿Cómo se logrará? evitando temas de los cuales estas en desacuerdo, en este punto la tolerancia tiene que ser protagonista.

Muchas parejas pelean por que él jamás quiere ir a casa de los padres de ella o viceversa. El problema se aumenta, cuando él se niega ir a la casa de sus padres, pero exige que la esposa vaya a la de los suyos.

Sé que te estarás riendo de lo anterior, pero, aunque no lo creas esos casos existen, los vemos en la clínica y los vemos en las iglesias. En pro del matrimonio y de la familia ambos tienen que ceder un poco y aceptar que la familia de mi esposa/o es mi familia, además, puede ser que en un momento dado necesitemos de ellos y en ese caso agradeceremos la comunión. (Eclesiastés 4:10).

Creo que hemos hablado lo suficiente de este tema, pero aun así te digo, si por una u otra razón crees que te uniste con yugo desigual, jamás insultes, jamás denigres, ni hagas sentir mal a nadie, **refrena tu lengua** de herir psicológicamente a alguien y más si es tu cónyuge. Antes de herir y lastimar mejor intenta ayudarle a mejorar, da palabras de gracia, palabras de estímulo.

Con la lengua puedes bendecir y ayudar a alguien, pero también la puedes hundir y destruir.

El refrenar tu lengua también aplica a tu relación con su familia, muchas veces lo que más trae problemas entre la familia de tu cónyuge y tú, son los chismes que se pueden generar entre las familias. *Cierra tus oídos cuando oigas que hablan de ti y sobre todo refrena tu lengua para no hablar de nadie.*
El chisme es un gran mal que se mueve entre las familias destruye y divide la armonía, el enemigo viene a matar robar y destruir, pero Cristo quiere que como él y el

Padre son uno, nosotros también seamos uno.

No permitas que la lengua los divida y destruya la relación con tus suegros o tus cuñados, que es tu familia política más cercana. Ataquemos de tajo este gran mal que se mueve, arranquemos de raíz esto. ¿Cómo hacerlo? Detén cualquier chisme que llegue a tus oídos, no continúes la cadena, corta ese teléfono descompuesto.

Cuando los discípulos se llegaron con Cristo diciéndole que las personas estaban diciendo cosas de él, creo que es mejor que leamos el pasaje

...Al llegar a la región de Cesárea de Filipo, Jesús preguntó a sus discípulos: «¿Quién dice la gente que es el Hijo del Hombre?» [14] *Ellos dijeron: «Unos dicen que es Juan el Bautista; otros, que es Elías; y otros, que es Jeremías o alguno de los profetas.»* [15] *Él les preguntó: «Y ustedes, ¿quién dicen que soy yo?»*

    Cristo nos está dando una clase magistral de como detener el chisme, en otras palabras, él les dice, no me importa lo que los demás crean de mí, mi pregunta es: Y ustedes, ¿quién dicen que soy? Se tu quien corta esa cadena de información y por favor jamás sea tú el que inicia esa cadena.

    ¡Oh, si todos nos dejáramos llevar por los consejos de

Cristo!, ¡si nos dejáramos seducir por ese estilo de vida y lo adoptáramos ...todo sería MUY diferente!

Muchos hablan de unidad, pero en realidad no se hace más que dividir con las cadenas de información (cierta o no). Evita hacer sentir de menos o echar en cara a tu cónyuge si es que crees que por una u otra razón son un yugo desigual, sométete a la autoridad de Cristo y deja que Él modele tu vida y la vida de tu cónyuge para llegar a una igualdad que es más importante que cualquier otra: la igualdad espiritual, que es el anhelo de nuestro Señor: *Para que todos sean uno; como tú, oh Padre, en mí, y yo en ti, que también ellos sean uno en nosotros; para que el mundo crea que tú me enviaste. La gloria que me diste, yo les he dado, para que sean uno, así como nosotros somos uno. Yo en ellos, y tú en mí, para que sean perfectos en unidad, para que el mundo conozca que tú me enviaste, y que los has amado a ellos como también a mí me has amado Jn. 17:21-23.*

- 5 -

Factores Necesarios Para la Intimidad

Aunque muchas personas creen que la sexualidad no es un problema, quiero decirte que es un gran problema. En el capítulo donde hablo sobre las causas de separación o de divorcio, no escribí nada con relación a este tema, porque creí oportuno dedicarle un capítulo entero a este aspecto. En una sociedad machista se cree que solo al varón le interesa la intimidad, sin embargo, cuando se han hecho cuestionarios científicos al respecto, tanto a mujeres como a hombres parece importarles este tema de igual manera. Lejos de tabúes, en este capítulo te diré los aspectos que son necesarios para que la intimidad se desarrolle bien. Quiero que sepas que hoy en día, hay muchos problemas que pueden ser estudiados y tratados tanto para mujeres como para hombres, (lo digo porque es un tema que no se habla y cuando se habla se habla sin conocimiento), lo cual puede traer más confusión que beneficio. Antes de empezar te sugiero tanto si eres varón como si eres mujer que visites a un especialista en el tema que seguro en algo te podrán ayudar. Espero que lo que a continuación expondré te ayude.

Existen varios puntos o aspectos que deben funcionar bien, para que una relación íntima se pueda dar

adecuadamente y por lo menos cuatro de ellos son indispensables y son los que te describiré a continuación.

ESTÍMULO

Cuando hablamos de estímulo, hablamos de todos aquellos aspectos que hacen que una persona pueda desencadenar un deseo sexual, el estímulo es todo aquello que percibimos ya sea por los ojos, por el tacto, por él olfato, por el gusto, por la audición.

ATRACCIÓN

En primer lugar, para que exista un buen estímulo tiene que existir atracción; el esposo debe sentirse atraído por la esposa y la esposa por el esposo. Para evitar redundar es importante en este punto que revises *el capítulo 2* donde expuse lo que busca un hombre en una mujer y lo que busca una mujer en un hombre.

- *Un simple recordatorio para ti mujer:* los hombres son visuales, es decir querida lectora, (y digo esto como especialista en sexología), haz todo tu esfuerzo para bajar de peso, para mantenerte atractiva, arréglate cuando estés en casa, perfúmate.

- *Un simple recordatorio para ti varón:* de igual manera, varón, intenta mantener una apariencia saludable, fuerte vigorosa, haz ejercicio y por favor también perfúmate, por lo menos usa un desodorante. (risa).

Ambos deben propiciar un estímulo agradable, atrayendo con los ojos y con el olfato a tu cónyuge.

- *Un simple recordatorio para los dos:* Hagan ejercicio, hagan dieta, pero más que hacer dietas cultiven nuevos buenos hábitos, en mi *libro La Biblia y La Salud* podrás encontrar mucha información y ayuda al respecto, además hoy en día existen en internet muchos programas que te ayudaran a hacer dietas y planes de ejercicio personalizado. No necesitas ni siquiera gastar dinero; durante "la crisis del COVID 19" cerraron todos los gimnasios y creo que muchos iniciaron a subir de peso, ya que el mismo estrés de estar encerrados hace comer más y si a eso le agregas que nos volvimos sedentarios, se compara a: *"ponerle gasolina todos los días a un vehículo que mantienes parado sin movimiento".*

Una semana después de estar en casa busqué una manera de hacer ejercicio, y encontré tres viejas llantas de un vehículo, una cuerda y dos pelotas y con eso improvisé un gimnasio en un pequeño espacio en el garaje de mi casa. Al segundo día se unieron mis hijos y algunos días mi esposa; juntos pasábamos momentos alegres, nos divertíamos mientras hacíamos ejercicio intenso. Esto lo acompañamos cambiando tan solo un hábito el cual todos nos comprometimos a cumplir, y era: "el beber única y exclusivamente agua". El resultado fue que todos bajamos de peso, mis hijos estaban asombrados con el resultado y no gaste un solo centavo.

RELACIÓN

Evidentemente si no existe buena comunicación no puede existir una buena relación, y si no existe una buena relación no existirá una buena intimidad. No te preguntes por qué tu cónyuge no quiere tener intimidad, ...piensa lo último que hicieron. Se han pasado discutiendo, gritando y haciéndose reclamos uno al otro terminando enojados.

A mi consulta llegan parejas por problemas de intimidad, cuando pregunto acerca de su relación la mayoría de las veces está deteriorada. Discuten todo el tiempo, los esposos se quejan que tienen que rogar a la esposa ya que siempre esta indispuesta y las esposas dicen que él siempre llega cansado, en fin, nadie tiene la culpa.

Las relaciones íntimas tienen que ser fruto del amor, de la atracción, de la confianza, del bienestar y no ser simplemente un encuentro sexual.

La falta de relaciones sexuales en una pareja hace que desciendan los niveles de *dopamina,* de *oxitocina, serotonina y adrenalina,* lo cual hará que cada vez estén más distanciados. La tolerancia también baja, y cuando menos lo esperas, empiezan a pelear y discutir hasta por detalles insignificantes. Quizás exagero, pero espero me esté dando a entender.

Posiblemente incluso no relacionas tu falta de tolerancia al hecho de que ya no tienen contacto, pero todo está relacionado a la química que generamos.

Todo se convierte en un círculo vicioso; la falta de relaciones genera descenso de los *neurotransmisores* y este descenso genera *distanciamiento.* Por esto es importante mantener una buena salud sexual en los matrimonios.

Muchas veces con la llegada de los hijos se desatienden estos aspectos y poco a poco, se está más pendiente de los hijos, menguando la atención entre los cónyuges. No digo que no estés cerca de tus hijos, ni que los dejes a la deriva, lo que digo es que no descuides a tu cónyuge: ¡atiéndanse, comuníquense, tengan una buena relación y tendrán una buena intimidad!

ENTORNO

Cuando hablamos del estímulo no podemos dejar de hablar del entorno. La monotonía es el enemigo acérrimo de las relaciones. Volviendo al tema de mi consulta; cuando interrogo a los pacientes al respecto, la mayoría no ha hecho ningún cambio en su habitación en años. Es importante que hagas ciertos cambios, pintar, cambiar cortinas ponerle detalles decorativos, utiliza la psicología del color, pon aromas agradables en tu habitación, un cuadro, utilicen su creatividad o busquen algún tutorial de cómo mejorar la habitación gastando poco dinero. Si las posibilidades te lo permiten paga un decorador de interiores. A varias parejas les aconsejo hacer un pequeño viaje, cerca de la ciudad y que busquen un hotel agradable. Existen varios lugares en los cuales no necesariamente tienes que gastar mucho dinero, pero el cambio de ambiente o de entorno ayuda. Tengo pacientes a quienes incluso les di tratamiento oral con fármacos para la disfunción sexual a quienes les digo, porque no intentas ir a la playa y quédate el fin de semana y cambia de ambiente y me cuentas. Sorprendentemente varios pacientes me dicen que mientras estuvieron en otro ambiente todo fue bien y no necesitaron medicación, pero que al volver a su casa volvieron a necesitar medicamentos.

Intenta hacer cambios en el entorno, recuerda no hay peor lucha que la que no se hace.

El objetivo de este libro es ofrecer soluciones a las parejas para salvar los matrimonios que ya están muy deteriorados o para que los que aún están bien o moderadamente bien no deterioren sus relaciones.

PREÁMBULO

Recuerda cuando eran jóvenes, siempre estaban buscando que hacer con la novia e incluso en las primeras etapas del matrimonio siempre había una expectativa de donde ir, para conocer lugares. Al cabo de algún tiempo de casados mucho de esto se deja de hacer, ya sea porque te sientes cansado o porque no te alcanza el dinero, o porque estás desmotivado. Las emociones que generas cuando haces algo fuera de lo común, cuando buscas algún tipo de diversión conjunta, van generando deseo.

El reír, el bromear, las anécdotas que se pueden generar en un día simple de salir a dar una vuelta al parque en bicicleta van generando emociones y sensaciones placenteras que van generando la química.

Como te das cuenta la monotonía es el enemigo número uno de nuestras relaciones.

DESEO

Es conocido también como libido, el deseo se define como un interés o apetencia que una persona tiene. En los varones está más conocida la función y la fisiología sexual en la mujer el conocimiento científico del mismo está todavía en fases de investigación. Se sabe que en cuanto al deseo sexual en el varón las hormonas masculinas juegan un papel importante, en las mujeres también se sabe que, en el climaterio (los cambios hormonales que inician aproximadamente un año antes de la menopausia) y en la menopausia el descenso de los niveles de estrógenos hace que la mucosa vaginal sufra resequedad y esto a su vez puede causar molestias o dolor que luego seguirán de disminución del deseo para evitar dichas molestias. Si bien es cierto que la testosterona es una hormona fundamental en el varón, se cree que también juega un papel importante en la libido de la mujer, de hecho, en los últimos años hay varios ensayos clínicos y estudios que demuestran la mejoría que presentan las mujeres tratadas con pequeñas dosis de testosterona junto a la terapia hormonal sustitutiva, es decir, el uso de estrógenos. Por lo tanto, si tú ya seas hombre o mujer tienes disminución del deseo o libido es importante que visites un médico especialista un ginecólogo en el caso de las mujeres e idealmente un andrólogo en el caso de los varones.

Por otro lado, también hay otros factores que pueden alterar el deseo tanto en hombres como en mujeres y las podríamos dividir en causas físicas, causas psicológicas y problemas de la pareja.

CAUSAS FÍSICAS

Una gran variedad de enfermedades, cambios físicos y medicamentos pueden causar la disminución del deseo sexual, entre ellos los siguientes:

Problemas sexuales. *El dolor* durante las relaciones sexuales, *dispareunia* o la *falta de orgasmos* pueden disminuir el deseo sexual en las mujeres. Hay mujeres que evitan el tener relaciones debido a que las mismas les causan dolor y lejos de ser un placer se convierten en una especie de tortura. Hay varias patologías que pueden causar disminución del deseo en la mujer tales como: *anorgasmia, vaginismo* que también puede dar como resultado falta de deseo. Para estos casos aconsejo primeramente que consulten a un médico especialista que estudie y trate el problema y segundo es importante que exista una buena comunicación para no dar lugar a dudas, puesto que siempre que uno de los conyugues tiene falta de deseo puede ser interpretado por el otro como: - ¿quizá no me quiere?, - ¿habrá alguien más, deje de gustarle?, o - tiene algo que no se... esto se aplica a ambos. Les aconsejo que acudan a la consulta los dos, ya que los problemas sexuales son problemas de la pareja y no solo de uno de ellos.

En cuanto a los varones podemos decir que hay dos entidades que principalmente afectan la vida sexual de los varones: *Disfunción eréctil y la eyaculación precoz.* La disfunción eréctil o más conocido como impotencia sexual, esto provoca un daño psicológico en el varón y el pensamiento machista en el que la mayoría de las sociedades existe hace que el varón atrase la consulta, pues esto es algo que a ningún hombre le gusta experimentar.

161

Normalmente el hombre tiende a sufrir solo el problema, su primer paso es contárselo (si es que lo hace) a algún amigo de confianza o se compra el primer multivitamínico *"super mega macho man"* que encuentre. El varón empieza a evitar o disimular el problema con pretextos como vengo cansado o tengo que hacer cosas del trabajo aun con el fin de esquivar el problema, ya que una relación sexual más que un momento de intimidad y placer empieza a verse más como una prueba o un reto algo así como ¿podrás o no podrás? La eyaculación precoz es otro problema frecuente que provoca al varón primeramente vergüenza, esa sensación de reto de la que te hable, y seguidamente desencadena una disfunción eréctil de origen psicógeno, esto a su vez lleva a disminución del deseo, que más bien es temor o miedo por fallar en el encuentro sexual. Para ambos casos hoy en día existen tratamientos, es decir no te tienes que quedar así.

Enfermedades: Muchas enfermedades no sexuales pueden afectar el deseo sexual, como la *artritis reumatoidea, el cáncer* en cualquier lugar, *la diabetes mellitus, hipertensión arterial*, enfermedad de las *arterias coronarias* o problemas *cardiovasculares* y las *enfermedades neurológicas*.

Medicamentos: Ciertos medicamentos recetados, en especial los antidepresivos llamados "inhibidores selectivos de la recaptación de serotonina", disminuyen el deseo sexual.

Algunos medicamentos que se toman para la presión podrían causar también problemas de disfunción sexual sobre todo en varones.

Estilo de vida: Definitivamente el estilo de vida que hoy en día se lleva deja mucho que desear, con una alimentación desbalanceada, poco o nada saludable, junto a un ritmo de vida donde el estrés es tu amigo número uno, terminarán por darte problemas en torno a la sexualidad. Existen estudios en donde pacientes con *síndrome metabólico* (que es un desorden multiorgánico ocasionado por la mezcla de malos hábitos alimenticios, sedentarismo y estrés) tienen casi asegurado padecer disfunciones sexuales a corto y mediano plazo. Sin contar el riesgo cardiovascular que puede atentar hasta con tu vida. Creo que terminare por aburrirte o quizá te convenza de que adquieras y leas mi libro "La Biblia y la salud", pues en el encontrarás mucho que puede ayudarte para el fin de este inciso.

Cirugía: Las cirugías relacionadas con los pechos o el aparato genital pueden afectar la imagen corporal, la función y el deseo sexual. Además, cirugías a nivel de la columna pueden dañar el sistema neurógeno del cual hablare más adelante. Además, también existen enfermedades o incluso cirugías que dejan secuelas crónicas que también son un factor de disminución del deseo sexual.

Fatiga: La fatiga por haber cuidado niños o familiares que están envejeciendo o también en esta época donde muchas mujeres trabajan y pueden llegar agotadas a casa y después de ello aún tiene que apañárselas para preparar comida, refacciones, revisar las tareas de los hijos, planchar y hacer limpieza, puede contribuir a la disminución del deseo sexual en el caso de las mujeres. En cuanto a los varones también jornadas de trabajo muy largas o trabajo físico muy pesado o incluso trabajo mental muy agotador, pueden hacer que *el cansancio* se posicione como una causa de disminución del deseo sexual.

Causas psicológicas: Tu *estado de ánimo* puede afectar el deseo sexual. Hay muchas causas psicológicas de la disminución del deseo sexual, entre ellas las siguientes: Problemas de salud mental, como *depresión o ansiedad, estrés*, como estrés financiero o laboral. Baja autoestima de la imagen corporal, baja autoestima, antecedentes de maltrato físico o de abuso sexual, y experiencias sexuales negativas en el pasado entre otras. La mayoría de los problemas de índole sexual en jóvenes son de tipo psicológico, no obstante, algunas veces he encontrado desordenes hormonales y otras enfermedades en jóvenes que en un principio llegaron a mi consulta por problemas relacionados con la sexualidad.

Problemas de pareja: La cercanía emocional es el preludio de la intimidad sexual, entonces, los *problemas de pareja* pueden ser un factor importante en relación con la disminución del deseo sexual. La disminución del interés en las relaciones sexuales suele ser el resultado de problemas persistentes, como los siguientes:

- Falta de conexión con tu pareja,
- conflictos o peleas sin resolver,
- comunicación deficiente de las necesidades, problemas por falta de confianza,
- por último, triste y lamentablemente también preferencias sexuales.

Sistema neurógeno: Tanto el estímulo como él deseo se llevan a cabo en el cerebro, es decir, el estímulo entra por los ojos, nariz, boca, oídos o tacto, dicho estímulo en el cerebro se transforma en deseo sexual, después de esto el deseo en condiciones normales viaja a través del sistema nervioso hasta los genitales, haciendo que los mismos se preparen para la intimidad. Si el sistema neurógeno está deteriorado y cuyo mejor ejemplo lo encontramos en los pacientes con *diabetes mellitus*, quienes en su mayoría y sobre todo cuando están descontrolados, desarrollan *neuropatía*. Esta neuropatía vendría a ser algo así como un cable de electricidad deteriorado, picado o con algunos de sus filamentos rotos, el cual va desde un interruptor en la pared hasta una bombilla de luz en el techo. El deterioro del cable probablemente en el mejor de los casos dará luz intermitente o una luz parpadeante o simplemente no dar ningún tipo de luz. Pero, no solo los pacientes con *diabetes mellitus* pueden tener problemas neurológicos existen algunos fármacos que pueden dar problemas de trasmisión neurógena al igual que problemas en la columna vertebral como compresiones medulares por hernias discales. No quiero extenderme en estos temas ya que considero que lo más importante es, cuando tienes algún tipo de disfunción sexual seas hombre o mujer acudas a un especialista. Deja el tabú, deja el pudor y acércate a una clínica ya que esto puede ayudarte a tener una salud sexual en tu matrimonio.

Vascular: Por último y no menos importante, otro mecanismo que debe estar bien, para que tus relaciones sexuales se lleven a cabo satisfactoriamente, es el *mecanismo vascular*. Una vez que la señal viaja desde el cerebro a través del sistema neurógeno, llega a los genitales los cuales reciben una irrigación o flujo de sangre mayor al que tiene en condiciones normales para que los órganos genitales estén listos para la intimidad. Problemas *vasculares* y enfermedades que afectan el *sistema cardiovascular* pueden dar como resultado una *disfunción sexual*, ya que el flujo sanguíneo llega débilmente o no irriga lo suficiente. Lo más importante de esto es que muchas veces (y no exagero con utilizar este término muchas veces) hay pacientes que durante un estudio por cualquier problema de disfunción sexual se le diagnostica enfermedades más importantes de tratar que el propio problema por el que llegaron a la consulta.

- 6 -

Cosas por Hacer

Hemos llegado al capítulo que quizá era el que más esperabas.

- Hemos estudiado cómo funciona la química del amor, lo cual es fundamental para las medidas a tomar para el tratamiento.
- Te he hablado de lo que busca un hombre en una mujer y viceversa.
- Recalqué lo que significa el pacto que se hace el día de la boda,
- y hemos estudiado algunas de las causas más comunes de divorcio.

Como médico te puedo decir que lo más importante, *"antes del tratamiento es hacer un buen diagnóstico"*. Creo firmemente que tienes suficientes elementos de juicio para poder hacer, un buen diagnóstico en tu matrimonio. Ahora con todos esos principios y esos conceptos en mente intentare proponerte algunas cosas por hacer. Ten en cuenta que para nuestros abuelos y generaciones pasadas el pacto del matrimonio era realmente *un pacto*, el decir hasta que la muerte nos separe era una verdad. Conozco a muy pocos o quizá casi a ningún matrimonio de abuelos que digan que se divorciaron o que entraron en nuevas relaciones. Quizás me equivoque, pero comparado con las cifras de divorcio en nuestros días es preocupante y solo me hace pensar que el pacto del matrimonio hoy en día, mejor te lo voy a parafrasear así:

"Prometo amarte hasta que me canse de ti,
prometo amarte hasta que ya no me gustes,
prometo amarte hasta que no encuentre
alguien mejor".

En estos tiempos donde estamos bombardeados por la tecnología en una sociedad sin valores éticos ni morales, el poder mantener el estado del matrimonio se hace cada vez más difícil.

No te daré los típicos consejos que quizá has oído o leído en varios sitios de internet, donde te dirán todas estas mismas cosas, por ejemplo:

- "dejen de ofenderse, - no busquen culpables,
- reconozcan los problemas.
- por favor, hagan una lista de las diferencias entre Uds. y asistan a terapia".

Creo que esto no funciona, **si se perdió la química** como te he dicho antes a ciertas alturas de un matrimonio deteriorado, es algo que no genera ningún tipo de alzas de *neurotransmisores* y si lo hace es en niveles casi nulos. Ni una cena a solas solucionará esto lo cual, por el contrario, hará probablemente que terminen hablando de los mismos problemas y hasta finalicen discutiendo y peleando, esto puede servir solamente para afianzarte de que la decisión de terminar es la mejor.

- No, no te daré ese tipo de consejos, porque decir, por ejemplo: - *"dejen de pelear y ofenderse"*, es como si en mi consulta le dijera a un paciente: - *"deje de toser, reconozca sus problemas, reconozca que tiene tos"*.

  Decirles: - *"hagan un listado de sus diferencias"*, es como decir: - *"haga listado del porqué cree que tiene tos"*.

  - *"Asistan a terapia"*, es como decir: - *"vaya a una consulta a que le den algo para la tos"*. Pero vamos a ver; esto solo nos lleva al mismo punto a saber que tenemos tos. Estoy seguro de que si en mi consulta le digo esto a un paciente me diría: - sí doctor, ya sé, tengo tos, pero... ¿y el tratamiento?

Las soluciones que te propondré van más enfocadas a provocar la química, pero debe existir un compromiso real. Buscando en la red, me he encontrado con muchos consejos que al final te dicen, *"si ya no te quieren o si ya no quieres a tu cónyuge, hay que ser sincero, sepárate y divórciate que es el mejor camino"*. Quizá si este hubiera sido el pensamiento de nuestros abuelos muchos de nosotros no hubiéramos nacido, no hubiéramos existido, ya que hasta probablemente ni nuestros padres lo hubieran hecho.

Es tiempo que retomemos los valores, es tiempo que dejemos esos pensamientos egocéntricos y narcisista y dejemos de pensar solo en nosotros.

Sé que en la mayoría de los casos tendrás que tirar solo de la cuerda tú, ya que es habitual ver que una de las dos partes está dispuesta a luchar mientras la otra no. Sé que es un camino cuesta arriba, pero si tienes compromiso, si sigues los consejos que Dios da, si crees que la solución está primeramente en Dios y luego en ti, si te enfocas en cambiarte y no en cambiar a la otra persona. Muchas de las cosas que en este capítulo diré podrán sonar contra intuitivas o poco lógicas, pero están basadas en un conocimiento científico y he logrado ver que en la Biblia muchos de estos principios han estado para nuestra enseñanza. No está de más que antes de empezar, te recuerde que tus convicciones son vitales.

Tu relación con Dios y sus mandamientos deben estar por encima de todo.

Si nuestros hijos están viendo en estos momentos que el 70% de personas terminan separándose en su matrimonio, ¿qué podemos esperar en las generaciones venideras?

La Química del Amor

Creo que lo que ocurrirá es que vivirán "en amor libre" y si les va bien seguirán por un tiempo hasta que se aburran mientras que la institución del matrimonio terminará. Entonces analizamos que el enemigo está dando un golpe certero a las familias y a la sociedad, (la vida está llena de gente convencida, pero pocos son los convertidos).

COSAS POR HACER

En cuanto a las cosas que hay que cambiar, yo las divido en dos. Cosas por cambiar en ti - Cosas por cambiar en pareja. La primera decisión que debes de hacer es:

PERDONAR: La primera acción a hacer es perdonar de corazón, eso hará que tus heridas sean sanadas. Perdonar todas las ofensas, el acto de perdonar te libera de todo lazo que tengas hacia la otra persona.

Si no eres capaz de perdonar y siempre tienes rencor en tu corazón no podrás ser libre de esas cadenas.

Sé que quizá digas es que es mucho lo que ha me ha hecho y quizá tengas muchas razones justificadas; sobre todo ante esta sociedad postmodernista que te dice que por encima de todo es tu dignidad. Pero por encima de todo está tu corazón. La Biblia dice que *sobre toda cosa guardada guarda tu corazón, porque de él mana la vida prov. 4:23.*

No podrás ser feliz si no perdonas, si tienes raíces de

amargura siempre serás esclavo. *Mirad bien, no sea que alguno deje de alcanzar la gracia de Dios; que brotando alguna raíz de amargura, os estorbe, y por ella muchos sean contaminados. Heb. 12:15.*

Los cambios deben empezar desde dentro, para que luego se manifiesten afuera.

**La invitación a perdonar es una invitación
a que seas libre.**

Toda persona que no perdona tiene una cadena invisible que le esclaviza y encadena aquel al cual no puede perdonar. Las raíces de amargura te hacen actuar de una manera diferente a la que actuarías si no las tuvieras. Por ejemplo:

**Si tienes amargura o rencor contra alguien y esa persona
está en una reunión, puede ser que evites ir
con tal de no ver a esa persona, pero si tú estás
libre de amargura, iras a ese lugar y
disfrutaras de la reunión.**

Ahora bien, esto no lo lograrás por ti mismo, con tus propias fuerzas para perdonar, tienes que alcanzar niveles espirituales más elevados, ya que la carne y el ego no tienen jamás intención de perdonar.

Este libro está escrito para todo matrimonio que quiere mejorar su relación, y es por eso por lo que inicié este capítulo "COSAS PARA HACER" con "*perdonar*" como el primer y más importante paso. Para poder perdonar debo ir a tu modelo de conducta que es Cristo y sus enseñanzas.

Y Jesús dijo: Padre, perdónalos, *porque no saben lo que hacen. Lc. 23:34.*

Después de haber sufrido el vituperio, después de haber sido insultado, herido física y psicológicamente, después de haber recibido la burla, llevar la corona de espinas en su cabeza la cual sangraba y le provocaba mucho dolor, después de haber sufrido latigazos, siendo inocente de toda culpa, habiendo agradado al Padre en todo Cristo dice: *Perdónalos porque no saben lo que hacen.* El que tenía todo el poder en sus manos para vengarse y destruirlos en ese mismo instante, estaba perdonando a sus agresores. *¿Acaso piensas que no puedo ahora orar á mi Padre, y él me daría más de doce legiones de ángeles? Mt. 26:53.*

Nosotros seguimos ofendiendo, seguimos pecando contra el Hijo de Dios, sin embargo, Él nos dice *que sus misericordias son nuevas cada mañana.* La enseñanza de Cristo que más atenta contra tu dignidad o con el concepto que se tiene de dignidad hoy en día, te dejará perplejo y espero que reflexiones en esto.

Saca tu tiempo ahora y busca en la Biblia Mateo 5:38-48 y medita en esta Escritura.

Si Cristo pide que hagamos esto con nuestros enemigos, ¿qué podemos pensar que pide de dos personas que se prometieron amar hasta la muerte, dos personas que son una sola carne? Estos no son conceptos ni enseñanzas del Dr. Edison De León, estas son enseñanzas que encuentras en tu propia Biblia.

Para el mundo moderno, para el mundo carnal que se mueve en las pasiones de este mundo este es un mensaje inaceptable e inadmisible, ya que va en contra de la dignidad de toda persona.

Pero esto se pone aún más interesante, lee el siguiente pasaje: *Por tanto, si traes tu ofrenda al altar, y allí te acuerdas de que tu hermano tiene algo contra ti, deja allí tu ofrenda delante del altar, y anda, reconcíliate primero con tu hermano, y entonces ven y presenta tu ofrenda. Mt. 5:23-24.*

En este verso Dios te llama a una acción mayor, dice si tu hermano tiene algo contra ti, no dice si tú le hiciste algo, si tú le ofendiste, dice que es él, el que tiene algo contra ti. Tampoco te dice que esperes a que él venga y se reconcilie contigo, te dice que tú vayas hacia la persona a proponer la reconciliación. Uff, difícil ¿no? ¿Qué crees que pide que hagas hacia alguien que es tu misma carne?

Por otro lado, si eres tú el que ha ofendido también te digo que reconsideres tus caminos y te vuelvas a Dios, porque antes que la fidelidad a tu conyugue, está tu fidelidad y tu amor a Dios, a su palabra, porque así también recibirás sus promesas.

Cuando Jesús enseña el Padre nuestro hay un momento donde dice **Y perdónanos nuestras deudas, como también nosotros perdonamos a nuestros deudores Mt. 6:12.** El perdonar, el pedir perdón es el primer paso a tu restauración; hacia un matrimonio de éxito (entiéndase como un matrimonio de éxito aquel que sigue a pesar de las luchas y las pruebas que en la vida se presentan) y perdurable a través del tiempo.

Pedro se acercó a Jesús y le preguntó: Señor, ¿cuántas veces tengo que perdonar a mi hermano que peca contra mí? ¿Hasta siete veces?, No te digo que, hasta siete veces, sino hasta setenta veces siete ¡le contestó Jesús!

A los matrimonios recién casados les podría decir lo que dice Pablo: **Airaos, pero no pequéis; no se ponga el sol sobre vuestro enojo, ni deis lugar al diablo Efe. 4:26-27.** En este pasaje el Apóstol nos dice, está bien, todos tenemos reacciones, podemos enojarnos. El pecado es cuando dejamos que ese enojo pase el día, el consejo es que no dejes que el sol se ponga sin antes reconciliarte. ¡No dejes que ese problema se vuelva una raíz de amargura! A continuación, te dejo unos cuantos versos que nos hablan acerca del perdón: *Quítense de vosotros toda amargura, enojo, ira, gritería y maledicencia, y toda malicia· Antes sed benignos unos con otros, misericordiosos, perdonándoos unos a otros, como Dios también os perdonó a vosotros en Cristo. Efe. 4:31-32*

- *Soportándoos unos a otros, y perdonándoos unos a otros si alguno tuviere queja contra otro. De la manera que Cristo os perdonó, así también hacedlo vosotros. Col. 3:13*

Porque si perdonáis a los hombres sus ofensas, os perdonará también a vosotros vuestro Padre celestial; más si no perdonáis a los hombres sus ofensas, tampoco vuestro Padre os perdonará vuestras ofensas. Mt. 6:14-15.

- *Mirad por vosotros mismos. Si tu hermano pecare contra ti, repréndele; y si se arrepintiere, perdónale. Y si siete veces al día pecare contra ti, y siete veces al día volviere a ti, diciendo: Me arrepiento; perdónale. Lc. 17: 3-4.*

Creo que está más claro que agua; este es el primer paso, este paso es como darle *reset* o reiniciar tu computadora o tu ordenador. Un consejo que te doy: es que pidas y bendigas en voz alta a tu cónyuge, bendícele sea cual sea la situación en la que estén.

Es habitual ver a personas que cuando su matrimonio no marcha bien, tienden a desearle mal o a pedir que le pase algo malo; ¡Bendícelo!, la Biblia dice: *¡bendecid y no maldigáis!* El bendecirlo en voz alta, ira haciendo cambios en tu mente, que todo tu ser aceptará esta orden; es como dar una nueva instrucción.

Mientras más lo hagas y más pidas a Dios bendiciones para tu cónyuge notarás como el perdón empieza a ser más que una teoría, para convertirse en una realidad.

Todos aquellos pensamientos malos que venían a ti poco a poco desaparecerán y estarás listo o lista para seguir adelante. Cuando hablo de pedir perdón, no me refiero solo a los casos en los cuales se ha cometido infidelidad, (aunque quizá sea el problema con el cual relacionemos más el perdón). Pero a decir verdad ofendemos de muchas maneras, y las ofensas más comunes son *las verbales* por esto el Apóstol Santiago dice en su epístola:

Porque todos ofendemos muchas veces. Si alguno no ofende en palabra, éste es varón perfecto, capaz también de refrenar todo el cuerpo Stgo 3:2.

A veces ofendemos con nuestras actitudes, con cosas que hacemos o con cosas que dejamos de hacer por la otra persona, en cualquiera de los casos el llamado es al perdón. Vamos a vencer el mal con el bien; si estás dispuesto a perdonar, estarás listo para continuar.

- *Mientras perdonas, estás teniendo beneficios físicos, varios estudios han demostrado que las personas que tiene mayor facilidad para perdonar descienden sus niveles de cortisol (hormona que se eleva en situaciones de estrés), disminuye tu tono adrenérgico con lo cual puede bajar tu presión arterial y tus palpitaciones, esto mismo hace que disminuyas el dolor físico y no solo emocional o sea el perdón te traerá muchos beneficios.*

MEJÓRATE

Dios promete... *más la senda de los justos es como la luz de la aurora, que va en aumento hasta que el día es perfecto Prov. 4:18.* Para que esto sea una realidad en tu vida, necesitas una:
- una meta
- un deseo basado en la fe
- y mucha voluntad.

No basta solo con tener una meta, o un punto de llegada. Para lograrlo tienes que *recorrer un camino,* tienes pasos que dar; lo debes hacer poniendo la fuerza de la voluntad.

La meta es solo lo que tú quieres alcanzar, pero la voluntad es el vehículo con que lo alcanzarás y fe es la materia prima con la cual te llenarás cada día, la certeza de alcanzar aquello que aún no tienes.

Los tres componentes unidos te harán invencible y en ti se cumplirá la palabra que Dios dio a Josué. ***Nadie te podrá hacer frente en todos los días de tu vida; como estuve con Moisés, estaré contigo; no te dejaré, ni te desampararé Jos. 1:5.***

El ejemplo más claro de esto, lo podemos comparar con una persona que quiere perder 20 libras (la meta). Se levanta todos los días disciplinadamente va al gimnasio o en tu propia casa a hacer tu rutina (la voluntad) porque tiene la seguridad que lograrás tu deseo (esto sería como la fe).

Muchísimas personas a inicio de año se hacen la promesa que bajaran de peso, se inscriben a un gimnasio e incluso hasta pagan las mensualidades por adelantado para comprometerse, pero inician muy bien, pero a los pocos días al ver que no bajan lo suficiente (pierden la esperanza y la fe) entonces dejan de esforzarse para seguir levantándose temprano a hacer su rutina (pierden la voluntad). No pienses que una persona con esta actitud llegará a algún lado. A decir verdad, a este ejemplo le debería incluir un programa de dieta, con lo cual la mayoría de las personas desisten con mucha facilidad. Esto solo es un ejemplo, pero esto mismo pasa a todo nivel.

Alguien que quiere terminar un curso, alguien que quiere

terminar sus estudios, alguien que quiere iniciar un negocio, la vida está llena de gente que desea y anhela, pero de pocos que realmente se esfuerzan por conseguirlo. Tienen metas, pero les falta voluntad y fe; ¡Por favor no seas de estas personas!

Porque todo lo que es nacido de Dios vence al mundo; y esta es la victoria que ha vencido al mundo, nuestra fe. 1 Juan 5:4.

Recuerda que una de las cosas que tanto hombres como mujeres llegan a admirar de alguien es *su deseo de superación* y *su mejoría constante*. No pongas en tu boca palabras negativas, recuerda que: *eres enlazado con las palabras de tu boca y preso con los dichos de tus labios Prov. 6:2*. Declara palabras de fe y de poder *Antes, en todas estas cosas somos más que vencedores por medio de aquel que nos amó. Rom. 8:37.*

Además, si te mejoras constantemente, como varón te convertirás en un mejor líder y como mujer te convertirás en su mejor ayuda, en su "ayuda idónea".

En todo esto no tienes más opción que ganar, porque en el peor de los casos si tu cónyuge sigue sin valorarte tú te habrás convertido en alguien mejor y seguirás mejorándote cada día cumpliendo esa palabra de Prov. 4:8. Sin embargo, es mi anhelo que lean juntos este libro para que ambos puedan mejorar y vuestro matrimonio mejore.

Algo que ocurre habitualmente sobre todo a las mujeres, es que el trabajo de la casa y el cuidado de los niños les hace no superarse en otras áreas de la vida, pero eso era aceptable en tiempos pasados, cuando no había herramientas como los cursos en línea (por ejemplo) de los cuales se dispone hoy.

En estos momentos la tecnología permite acceder a muchos cursos e incluso carreras universitarias completas en línea, sin salir de casa, así que no tienes pretextos.

Esta mejora tiene que ser integral, debes mejorar tu físico, haz ejercicio, quita malos hábitos dietéticos y sustitúyelos por buenos. Termina aquella carrera que dejaste a medias cuando eras joven o señorita, ¡¡vamos!!, nunca es tarde para ser mejor. No le pongas pretextos a la vida, las cosas y las circunstancias no cambiarán si tú no las haces cambiar.

La Biblia nos enseña varias historias, pero me encanta la de David contra Goliat narrada en *1 Samuel 17*, David tenía todas las circunstancias en contra, un ejército más grande y fuerte que apoyaba a su rival, tenía un rival fuerte, gigante, entrenado, con armadura, con armas, con arco, espada y lanza, tenía incluso probablemente el mal pronóstico de su propio pueblo, estoy seguro que si ese encuentro se lleva a cabo en nuestros días, las apuestas hubieran estado mil a uno en contra de David. Quizá su propio pueblo hubiese apostado en contra de él. Incluso ni aun la armadura del rey le quedaba de tal manera que decidió ir a la batalla sin armadura, sin espada, sin escudo, sin arco. Fue a la batalla, porque tenía **una meta** vencer al gigante, su **fe** era más grande que las circunstancias, él creía firmemente que vencería, nadie pudo detener su **voluntad** de ir a enfrentar a ese gigante. El resultado ¡venció!

Dios le dio también estas palabras a Gedeón: *Y mirándole Jehová, le dijo: Ve con esta tu fortaleza, y salvarás á Israel de la mano de los Madianitas. ¿No te envío yo? Jue.6:14.*

Estas palabras vienen bien a cualquiera de nosotros. El enemigo se levantará contra ti, ¡tenlo por seguro! pero que nada, ni nadie pueda hacerte retroceder de tu determinación, primero mejorarte a ti y segundo tu matrimonio.

Empieza a seducir a tu esposo o a tu esposa, con tu cambio de apariencia, mejorando tu aspecto físico, bajando de peso (no necesitas gastar dinero, necesitas voluntad), con leer más, estudiando algo que te guste y que a la vez sea de provecho, incluso con cocinar nuevos y mejores platillos (también aquí rompe la monotonía), al mejorarte tú te harás irremplazable, y tomando esta actitud de mejorar constantemente no tienes más opción que siempre salir ganando. Pero, además, a medida que vayas mejorando, notarás que tu autoestima mejora y te sentirás mejor y mejor cada día. Ahora bien, de la misma manera y alternadamente que mejoras físicamente, cognitivamente tienes que mejorar espiritualmente, de igual manera deja los pretextos para buscar al Señor. No pongas excusas para ayunar, para vigilar, para leer su palabra, para ir a la iglesia y servir.

La mejoría tiene que ser integral.

No olvides que la meta principal es salvar tu matrimonio o que el mismo sea cada día mejor, pero para esto tendrás que esforzarte en mejorar integralmente. Ahora bien, también te tengo buenas noticias: mientras haces ejercicio, estas elevando tus niveles de **serotonina** que como recordarás es el *neurotransmisor de la felicidad*, de la alegría y de la tolerancia, La síntesis de serotonina puede ser estimulada con el ejercicio. Además, cuando haces una dieta adecuada, con pocos carbohidratos, poco a nada de azucares (las cuales si las puedes retirar definitivamente de tu dieta mejor), grasas, frituras, tus niveles de serotonina también se elevan.

Comer sanamente, eleva tus niveles de Serotonina.

Cuando empieces a notar el cambio exterior eso te dará la sensación de victoria o de metas conseguidas, produciéndote el placer de ganar y elevar los niveles de *Dopamina*. No hay nada mejor que la felicidad que viene de dentro, la felicidad que no depende de ningún factor externo, que no depende de una persona, ni de posesiones materiales.

A quien es feliz por sí mismo le será más fácil hacer felices a los demás.

No permitas que tu felicidad tenga un origen externo, que tu felicidad dependa de ti y de lo que Dios ha hecho y hará en ti. De esta manera iniciarás el camino a sentirte mejor contigo mismo, a dejar de quejarte, tu mejora constante te dará otra visión, otra perspectiva de vida. Empezaras a mejorar tu química y consecuentemente tu salud. ¡Vamos!

Si *Dios con nosotros, ¿quién contra nosotros? Rom. 8:31.*

Con tu mejora constante, haz que él o ella no tenga otra opción que elegirte cada día.

HAZ A LOS DEMÁS COMO QUIERES QUE HAGAN CONTIGO

No hagas a tu cónyuge como no quisieras que te hagan a ti. No hagas con su familia lo que no quisieras que hicieran con la tuya.

Trata a tu cónyuge como a coheredero/a de reino de Dios

todos somos uno en Cristo, nadie vale más, nadie vale menos, todos valemos la sangre preciosa del cordero inmolado.

Nunca desprecies a tu cónyuge, porque tú eres *"carne de su carne"* y si lo haces te estás maltratando a ti mismo.

Hazle a los demás, lo que quieres que hagan contigo.

¿Quieres que te desprecien? ¡Pues hazlo con tu cónyuge! y no te preocupes, ...en la calle encontrarás a alguien (sea tu jefe u otra persona) quien te hará lo mismo a ti. ... *"todo lo que el hombre siembra eso también segará"*.

Cuando veo que la Biblia nos ofrece la solución y el equilibrio a cualquier circunstancia de la vida, mi fe se acrecienta, y me siento cada vez más sorprendido de su sabio consejo.

Pon por obra la palabra de Dios en tu vida y matrimonio y alcanzarás felicidad y estabilidad en todas las áreas de la vida.

NO MENDIGUES AMOR

¡Te gusta el título! ...sí, has leído bien. ¡No mendigues amor!, pero ama a tu cónyuge como a ti mismo, *porque nadie aborreció jamás a su propia carne, antes la sustenta y regala, como también Cristo a la iglesia Efe. 5:29.*

187

Como te dije anteriormente, no te traía el típico discurso o las típicas soluciones. Esto quizá te parecerá contradictorio, contra intuitivo o ilógico, pero lo cierto del caso es que cuando mendigas amor, lo que haces es el efecto contrario, *recibes más rechazo*. En las leyes de atracción hay una frase muy utilizada: *"si me acerco te alejo, si me alejo te atraigo"*. Como médico, yo podría darte ese consejo que es verdadero, pero como cristiano mi visión es distinta.

No se trata de alejarte, y estar distante, se trata simplemente de no mendigar amor.

El no mendigar amor no significa indiferencia, aunque como te repito; al escribir este párrafo me encuentro en una encrucijada, ya que como sexólogo tendría que aconsejarte: ... *"que si no te aman seas frio/fría o distante porque tendrás más probabilidades de que te amen con esta actitud que siendo cariñoso/a y mendigando amor.*

Recuerdo hace unos años, veía a mi secretaria llorar cada tarde, un día le dije ¿qué te pasa? Ella me dijo:

- mi esposo (ella llevaba apenas unos pocos meses de casada) no quiere estar conmigo, llega tarde y solo llega a ver televisión y a dormir; los fines de semana se va a jugar futbol y me deja sola en casa encerrada y llega cuando quiere, a pedirme comida. Además cuando le hablo de tener un hijo, no quiere hablar del tema.

- ¿Y tú que haces? le pregunte:

- yo intento ser linda, le preparo la comida, soy atenta, cariñosa y servicial, sin embargo, él se porta muy mal conmigo respondió.

- ¿Quieres que te de un consejo? le dije:

- ¡claro! me dijo.

- Escucha lo que te diré: Seguro que tu madre, tu abuelita, tus tías te habrán dicho que te portes atenta y servicial, pues él, se puede encontrar a alguien afuera. Alguna de tus amigas más jóvenes, quizá te dicen: - reclámale y pídele explicaciones, total, es tu esposo, te tiene que dar explicaciones. Pero eso no funciona, ninguna de las dos cosas funciona; en estos casos, le dije, lo que funciona es lo siguiente:

- Hacer es ser responsable, harás la comida. Pero dejarás de ser cariñosa, dejarás de ser más atenta de lo que tienes que ser, vas a servirle y no vas a preguntarle nada, educadamente te despides y le dices buenas noches, sin intentar besarle, ni darle ninguna muestra de cariño, el día sábado cuando él se va a jugar futbol, te irás a casa de tu madre, asegúrate de tener muchos testigos de eso, pero no le dirás a él donde vas, intenta llegar un poco después de que él llegue. Cuando te pregunte a ¿dónde fuiste? le dirás a casa de mi madre, (repito ten testigos, asegúrate de eso), luego educadamente le sirves comida y le dices estoy muy cansada, me iré a dormir, dile que descanses y te vas a tu habitación.

Doctor - ¿cómo cree? me dijo, - Si hago eso me dejará seguramente, usted no lo conoce, yo sé que se irá de casa. Le respondí: - ya lo probaste, prueba esto en dos semanas, si no te funciona, vuelve a hacer todo lo que antes hacías y yo diré que todo lo que aprendí no sirve de nada. - ¿Te parece?, está bien me dijo. Una cosa más le dije: - no le llamarás a no ser que sea urgente, no le estarás llamando por teléfono, ni le escribirás por ninguna de las redes sociales, ¿de acuerdo?, de acuerdo, me dijo. No me cuentes nada en estas dos semanas, en dos semanas hablamos.

Al cabo de dos semanas, llegó y me dijo: - Doctor increíble, pero funcionó, todo lo que me dijo funcionó, él ahora está más atento conmigo, me busca, me llama, se preocupa por mí, los sábados dejo de salir e incluso me dice que salgamos. Bueno, Para no hacer largo el testimonio, hoy ya tienen su primer bebé. Parece contra intuitivo o ilógico pensar en que algo así funciona, pareciera ser que los humanos vivimos en el mundo al revés.

Cuando las personas son correctas, son buenas, son bondadosas, cariñosas, cuando lo dan todo por la otra persona, son mal agradecidos y desprecian a las personas, pero cuando las personas son despiadadas, frías, problemáticas, vamos corriendo detrás de ellas. ¿De qué clase de material estamos hechos?

Si, tristemente así es, es algo así como que quisiéramos ser llevados por el mal. De ahí el dicho *"si me acerco te alejo, si me alejo te acerco."*

Estoy seguro de que conoces algún caso así, donde uno de los dos es buena persona y se desvive por la otra y como recompensa tiene desprecio o malos tratos, creo que en personas no regeneradas se entendería esa situación, pero una persona a la cual le ha amanecido Cristo de ninguna manera se puede esperar dicho comportamiento.

Ahora bien, como todo lo que está escrito en este libro es conocimiento científico, pero me fascina cuando encuentro en las escrituras, que la ciencia no hace nada más que confirmar que la Biblia siempre ha tenido la razón y me es muy grato poderte traer pasajes que apoyan todo lo que te hablo, para que entiendas que, aunque es un conocimiento humano la Biblia sigue siendo nuestro manual de conducta. Así que, si quieres ver una historia bíblica donde este concepto se ve claramente te lo citare a continuación. De hecho, en algunas versiones hasta se titula "el tormento de la separación" y saca tu Biblia, lee y confirma, quiero que leas y analices este pasaje del cual te hablo, que se encuentra en el libro del Cantar de los Cantares, capítulo 5 y lo escribo textualmente de la versión RV-60.

1 Yo vine a mi huerto, oh hermana, esposa mía; He recogido mi mirra y mis aromas; He comido mi panal y mi miel, Mi vino y mi leche he bebido. Comed, amigos; bebed en abundancia, oh amados.

EL TORMENTO DE LA SEPARACIÓN

2 yo dormía, pero mi corazón velaba. Es la voz de mi amado que llama: Ábreme, hermana mía, amiga mía, paloma mía, perfecta mía, Porque mi cabeza está llena de rocío, Mis cabellos de las gotas de la noche.

3 Me he desnudado de mi ropa; ¿cómo me he de vestir? He lavado mis pies; ¿cómo los he de ensuciar?

4 Mi amado metió su mano por la ventanilla, Y mi corazón se conmovió dentro de mí.

5 Yo me levanté para abrir a mi amado, Y mis manos gotearon mirra, Y mis dedos mirra, que corría sobre la manecilla del cerrojo.

6 Abrí yo a mi amado; Pero mi amado se había ido, había ya pasado; Y tras su hablar salió mi alma. Lo busqué, y no lo hallé; Lo llamé, y no me respondió.

7 Me hallaron los guardas que rondan la ciudad; Me golpearon, me hirieron; Me quitaron mi manto de encima los guardas de los muros.

9 Yo os conjuro, oh doncellas de Jerusalén, si halláis a mi amado, Que le hagáis saber que estoy enferma de amor.

LA ESPOSA ALABA AL ESPOSO

9 ¿Qué es tu amado más que otro amado, Oh la más hermosa de todas las mujeres? ¿Qué es tu amado más que otro amado, Que así nos conjuras?

10 Mi amado es blanco y rubio, Señalado entre diez mil.

11 Su cabeza como oro finísimo; Sus cabellos crespos, negros como el cuervo.

12 Sus ojos, como palomas junto a los arroyos de las aguas, Que se lavan con leche, y a la perfección colocados.

13 Sus mejillas, como una era de especias aromáticas, como fragantes flores; Sus labios, como lirios que destilan mirra fragante.

14 Sus manos, como anillos de oro engastados de jacintos; Su cuerpo, como claro marfil cubierto de zafiros.

15 Sus piernas, como columnas de mármol fundadas sobre basas de oro fino; Su aspecto como el Líbano, escogido como los cedros.

16 Su paladar, dulcísimo, y todo él codiciable. Tal es mi amado, tal es mi amigo, Oh doncellas de Jerusalén.

Este capítulo tiene mucho que enseñarnos y no hablare del significado espiritual de este verso porque sé que lo has escuchado muchas veces, quiero dedicarme al significado literal. Todas las cosas han sido escritas en figura para nuestra enseñanza, la Biblia es un presente eterno, el cielo y la tierra pasaran, pero su palabra no pasara.

En primer lugar, vemos a un esposo esforzado, la mirra habla incluso de sufrimiento, que llega a su casa quizá con la provisión, pero además con ganas de ser atendido por su esposa, vemos la indiferencia de la esposa, poniendo pretextos y queriendo justificar su falta de atención. **La actitud del amado es irse, es decir, fue esforzado, estaba siendo atento, pero ante la indiferencia decidió irse.**

Si tu esposa o tu esposo es esforzado, preocúpate por atenderle, para que se sienta cómodo. Responde recíprocamente, porque si no lo que pasará es que se irá y luego no te quejes, tú con tu indiferencia has causado eso, para todo hay una ley de causa y efecto.

Sigamos con el relato: cuando el amado se va, provoca en la amada el deseo de tenerlo *(si me acerco te alejo, si me alejo te atraigo).* La amada sale desesperadamente a buscarlo e incluso sufre golpes de los guardias, se da cuenta de su error y al final del capítulo vemos en la amada la añoranza que siente y empieza a recordar todas las virtudes del amado. Hay un dicho muy conocido por todos nosotros *"nadie sabe lo que tiene hasta que lo pierde"* pues aquí lo tienes expuesto en la Biblia. El amado nos enseña que Él no mendiga amor, el ama, el cumple con su papel, la toca a la puerta, pero jamás mendiga amor.

He aquí, yo estoy a la puerta y llamo; si alguno oye mi voz y abre la puerta, entraré a él, y cenaré con él, y él conmigo. Apoc. 3:20

El amado está seguro de Él, sabe que al final la que se lo pierde es la amada. Te recomiendo si tienes como esposo a un varón que se esfuerza por cumplir con sus responsabilidades, que se preocupa por que en tu familia no le falte nada, que tiene detalles, esforzado, cuídalo y atiéndelo con amor, tratándole como a coheredero juntamente con Cristo. Por otra parte, si tienes una esposa, atenta, servicial, esforzada, dedicada a tu hogar y tus hijos, de igual manera cuídale, síguele sirviendo y trátala como a vaso más frágil y coheredera juntamente con Cristo. Muchas veces eres el/la culpable de que tu cónyuge haya tomado otra actitud.

NO HAGAS LO QUE NO QUIERES QUE TE HAGAN

Así que, todas las cosas que queráis que los hombres hagan con vosotros, así también haced vosotros con ellos; porque esto es la ley y los profetas Mat. 7: 12

El pasaje citado anteriormente no dice que hagas lo que hacen contigo o que no hagas lo que no quieres que te hagan, dice: *hagan* a los demás lo que quieras que hagan contigo.

Es decir, no pidas que hagan contigo lo que no haces por la otra persona.

La primera persona con quien tienes que aplicar el *mandamiento del amor al prójimo* es precisamente con tu cónyuge.

Alguien me dijo en una ocasión, *"la teología real de las personas es evidenciada en su matrimonio, si hay un matrimonio estable y sujeto a Dios es evidente"*. Si quieres saber la verdadera teología de alguien ve y pregúntale a su

195

esposo o a su esposa como es y cómo se comporta y lo sabrás. Todo lo demás son apariencias, quien más puede dar fe de tu relación con Dios y de los frutos del Espíritu que hay en ti es tu cónyuge.

Si quiero que mi esposo/a cambie, antes tengo que cambiar yo, tendemos mucho a exigir de la otra persona cosas que no damos, tendemos a reclamar o criticar los defectos de la otra persona, sin antes analizarnos y ver que nosotros cometemos muchos errores. El texto citado parafraseado diría algo así como:

Si quiero que me traten bien, tratare bien, si quiero que sean amables, seré amable, si quiero que sean gentiles, seré gentil, todo lo que quiero que me hagan, haré con los demás.

He visto muchas parejas, donde el esposo exige respeto, exige que no griten, muy bien... sin embargo él se la pasa gritando. (risa)

Esposas que exigen detalles y no son capaces de dar un refresco cuando su esposo llega del trabajo.

Reclamamos y exigimos que la otra persona cumpla su papel y sus responsabilidades, cuando en realidad estamos muy lejos de cumplir las nuestras, exigimos una conducta, cuando nosotros estamos dando una conducta digna de otros frutos, todo lo que siembras eso también segarás. Si tan solo hiciéramos más caso a los consejos que la Biblia tiene y los pusiéramos por obra, cuantos problemas nos ahorraríamos.

Comúnmente tendemos a cambiarle el sentido a este verso y decimos **no hagas a los otros lo que no quieres que te hagan a ti**. Corrección: no dice eso, dice: **que hagamos a los demás lo que queremos que hagan con nosotros.**

En la versión habitualmente usada es no más bien una conducta pasiva NO HAGO, mientras que en el verdadero texto es una conducta activa HAGO, así que, cambiemos y empecemos a hacer cosas por nuestro cónyuge que queremos que hagan con nosotros. Es muy probable que alguien me diga Doctor: - "yo hago todo lo que me corresponde, hago todo lo que en mi está por ayudar, intento ser amable y condescendiente, pero él/ella no cambia". En este caso te diré lo que ya te he dicho varias veces, cumple tu papel, haz lo que te toque, se cortés.

Recuerda el ejemplo de nuestro Señor: **Angustiado él, y afligido, no abrió su boca: como cordero fué llevado al matadero; y como oveja delante de sus trasquiladores, enmudeció, y no abrió su boca. Isa. 53:7**

No, no te asustes, no te pido que te quedes a sufrir malos

tratos, si estas recibiéndolos es mejor apartarte (aunque parece contradictorio lo que te digo), pero que no dejes de cumplir con tu papel, *sigue con tu convicción de hacer a los demás lo que quieres que hagan contigo.*

Dios fiel y justo juzgara a cada persona y en su momento veremos como él se encarga de poner las cosas en su lugar, no desmayes y no dejes de hacer lo que te corresponde y Dios peleara por ti.

Pero en el momento que tú decides actuar, estás diciendo a Dios apártate un rato y yo peleare esta batalla. Por otra parte, a ti, si eres una persona que trata mal, que eres despiadado, poco atento, ni servicial, si das muy poco por tu cónyuge y tu familia, el llamado es a que reflexiones y te conviertas de tu mal camino, recapacita:
- no grites si no quieres que te griten,
- no seas áspero/a si no quieres que te sean ásperos,
- si quieres que te hablen con la verdad no mientas,
- si quieres fidelidad sé fiel, si quieres lealtad sé leal.

La Biblia enseña que cuando andas en el buen camino, o por el contrario, o lo haces; por más que tú digas que estás bien tus obras te delatarán. No puedes dar aguas dulces y aguas saladas, no puedes bendecir a Dios cantando los domingos por la mañana y por la tarde estar hablando palabras maledicentes. *"Por sus frutos se conocerán".*

El capítulo 5 de Gálatas me he atrevido a llamarle el
"carnemometro" (*palabra mía) ahora te explico: tú sabes
que existen aparatos diferentes aparatos de medición:
- el termómetro mide la temperatura,
- el esfigmomanómetro mide la presión arterial,
- el glucómetro mide los niveles de glucosa o azúcar
  en sangre, pues, Gálatas 5 es capaz de medir cuanto
  de carne tienes, es muy fácil.

CARNE

*16 Digo, pues: Andad en el Espíritu, y no satisfagáis los
deseos de la carne.*

*17 Porque el deseo de la carne es contra el Espíritu, y el del
Espíritu es contra la carne; y éstos se oponen entre sí, para
que no hagáis lo que quisiereis.*

18 Pero si sois guiados por el Espíritu, no estáis bajo la ley.

*19 Y manifiestas son las obras de la carne, que son:
adulterio, fornicación, inmundicia, lascivia,*

*20 idolatría, hechicerías, enemistades, pleitos, celos, iras,
contiendas, disensiones, herejías,*

*21 envidias, homicidios, borracheras, orgías, y cosas
semejantes a estas; acerca de las cuales os amonesto,
como ya os lo he dicho antes, que los que practican tales
cosas no heredarán el reino de Dios. Gal. 5:16-21*

Si te estas comportando con cualquiera de estos
sentimientos o actitudes entonces hermano/a estas
actuando bajo la guía de la carne, necesitas de Dios, no

basta ir a una iglesia para decir que eres de Dios, no basta levantar tus manos en un devocional del domingo por la mañana, no basta con llevar la Biblia bajo el brazo, necesitas: *Haced pues frutos dignos de arrepentimiento, Mt. 3: 8.* Y aquí ya no solamente estoy hablando de tu relación con tu cónyuge, estoy hablando de tu relación con Dios. Por qué está escrito: *Y de la manera que está establecido para los hombres que mueran una sola vez, y después de esto el juicio,* Heb. 9:27

ESPÍRITU

22 más el fruto del Espíritu es amor, gozo, paz, paciencia, benignidad, bondad, fe, 23 mansedumbre, templanza; contra tales cosas no hay ley.

Creo que hay poco que explicar en este verso. Es más que contundente lo que nos presenta, llenémonos del Espíritu, demos frutos del Espíritu y eso solo lo alcanzaremos cuando realmente entendamos que el camino es Cristo, pero no un camino literal, el camino es interpretar su conducta, es imitar sus hechos, el camino es resucitarle a Él en nuestras vidas, cada día. Que Él se haga más grande en nosotros, que nosotros menguemos, que nosotros digamos como el apóstol Pablo a los Corintios: *cada día muero.* Quien más puede dar fe de eso en nuestra vida es nuestro cónyuge, no sirve de nada para la eternidad llevar una vida editada los domingos por la mañana a la iglesia, en la eternidad no servirá de nada.

Así que, todas las cosas que queráis que los hombres hagan con vosotros, así también haced vosotros con ellos; porque esto es la ley y los profetas Mat. 7: 12

REFRENA TU LENGUA

Porque todos ofendemos muchas veces. Si alguno no ofende en palabra, éste es varón perfecto, capaz también de refrenar todo el cuerpo Stgo. 3:2

Casi todos los problemas en los matrimonios son iniciados por un par de palabras, el uso inadecuado de las palabras, el no poder contener nuestros sentimientos y nuestros pensamientos y escupir palabras que hieren, palabras que encienden un gran fuego. *Lee Santiago 3:5-6.*

Esa incapacidad es notoria en todas las relaciones, no solamente en los matrimonios, una palabra dicha en un momento inoportuno, con un tono imprudente puede desencadenar un verdadero infierno en un hogar.

A diferencia de los animales Dios nos ha dado la capacidad para pensar y meditar antes de actuar, pero la verdad que la mayoría de las veces nos comportamos como hombres y mujeres sin esa virtud, sin esa inteligencia de la cual Dios nos dotó. Pero no solamente nos ha dado inteligencia, no ha dado instrucción en su palabra, por ejemplo:

**La blanda respuesta quita la ira; Mas la palabra áspera
hace subir el furor. Prov. 15:1.**

Tu conyugue está cansado ya bien sea por que en el trabajo tuvo un día muy difícil o bien sea por que en casa los niños estuvieron dando la lata, en cualquiera de los casos, probablemente tu cansancio te ha llevado a un punto de desesperación y no esperas quien te las debe, si no quien te las paga. Cualquiera puede tener un mal día y esa situación te hace sensible y vulnerable a reaccionar, si en ese momento introduces quejas y reclamos has puesto la chispa que hacía falta para que el fuego se encendiera, el uso de las palabras, el tono y el momento en el que las usas determina muchas veces como acabara tu día. Pero si día a día la escena se repite lo más probable es que veras como se acaba tu relación. Refrena tu lengua, medita, piensa incluso cuando te toque responder, o te apresures a dar respuestas ásperas por que la Biblia te dice que harás subir el furor.

**El corazón del justo piensa para responder; Mas la boca
de los impíos derrama malas cosas. Prov. 15:28** Otro
verso dice: **La lengua de los sabios adornará la sabiduría;
Mas la boca de los necios hablará sandeces. Prov. 15:2.**

La lengua, los insultos, las agresiones verbales son las causas más frecuentes de que las relaciones se deterioren, si refrenas la lnegua en lugar de insultar y responder agresivamente: *Pero ningún hombre puede domar la lengua, que es un mal que no puede ser refrenado, llena de veneno mortal. Con ella bendecimos al Dios y Padre, y con ella maldecimos a los hombres, que están hechos a la semejanza de Dios. De una misma boca proceden bendición y maldición. Hermanos míos, esto no debe ser así. Stgo. 3:8-10*

Cuida tu lengua, refrénala, si la usas para bendecir no la uses para hablar palabras torpes.

Bien, hasta aquí he hablado sobre las cosas que tienes que cambiar en ti, tal y como te dije, este no era el típico consejo que esperarías escuchar.

RECUERDA: **todo el cambio debe iniciar en ti, en el compromiso contigo, con Dios y luego con tu esposa/o y tu familia, pero este cambio no hará nada más que hacerte una mejor persona, empezaras a seducir a tu cónyuge con tu mejora constante en todas las áreas de tu vida.**

Reflexiona en las cosas que haces bien y mejóralas, se sensato y sincero acepta tus yerros, tus fallos e implementa en tu vida las cosas que aún no haces.

Ahora empezaremos a estudiar los cambios que se deben hacer en pareja.

COSAS A CAMBIAR EN PAREJA

Como una breve introducción a este tema, te diré, como ya te lo he dicho varias veces, una cena romántica no funcionará, cuando quieres revivir la chispa del amor. Lo que debes hacer es generar nuevamente la química, claro está que ahora no podrás hacerlo de la misma manera que lo hiciste la primera vez, ahora será un reto para ambos, pero sé que después de todo, estarás satisfecho con el resultado. Pon tu voluntad en agradar a Dios y el té ayudara, luego pon voluntad en restaurar o en mejorar tu vida matrimonial, recuerda: *Por cuanto en mí ha puesto su voluntad, yo también lo libraré: Pondrélo en alto, por cuanto ha conocido mi nombre Sal. 91:14.*

Debes empezar por los cambios internos que te mejoran a ti y que te hacen ser feliz a ti mismo, sin ningún tipo de codependencia emocional, debes encontrar la felicidad que solo Cristo da, debes encontrar una paz interior, tienes que alcanzar otro nivel espiritual.

De la mano a tu mejora, puedes iniciar a tener cambios en pareja. Tienes que tener claro que el amor no se piensa, no se razona, simplemente se siente.

Por lo tanto, el querer hacer razonar a tu cónyuge, sobre los motivos por los cuales deben mejorar su relación, será como un tiro al aire, de la misma manera que era un tiro al aire cuando muchas personas en algún momento te decían que no siguieras con aquella persona de la cual te habías enamorado y te daban todas las razones lógicas (que además, eran verdad pero tú no las veías) por las cuales no deberías hacerlo. Las razones no te hacían desistir de lo que tu corazón había determinado, así de igual forma las razones no podrán hacer mucho a la hora de revivir o volver a encender la chispa que un día los unió.

Aunque por supuesto, he dejado bien claro que las convicciones deben estar por encima de lo que sientas por encima de tus beneficios personales, por encima de tu propio YO.

Perdona que insista en ese tema, pero pienso que si tienes tus convicciones claras te será más fácil todo lo demás.   En este inciso aprenderás como generar *serotonina, dopamina, oxitocina, adrenalina* de otra manera a la de la primera vez.

Es evidente que para muchos las miradas ya no generan aquella sensación de bienestar que sentías cuando él o ella te miraba cuando eran novios.

Pero existen otras maneras de seguir teniendo momentos únicos e inolvidables, que hagan segregar estos neurotransmisores.

ACTIVIDADES ACTIVAS Y DIVERTIDAS

Para esto es evidente que no todas las personas contamos con las condiciones físicas para realizarlas, así que debes adaptarlas según estas. Ahora bien, aquí tenemos que esforzarnos, puede que nuestra vida sea pasiva y no nos guste realizar actividades de acción, si esto es así, te invito a que por el bien de tu matrimonio saques las excusas de tu vida. Porque tal y como te he dicho que una cena romántica no provocará esa química necesaria para reactivar la química, una caminata, un paseo en bicicleta, un juego de boliches sí que lo hará, (digo esto, pero es solo como un ejemplo). Puedes adaptar tu condición física a una actividad que pueda generar emociones producción de neurotransmisores.

Muy frecuente veo en la clínica parejas que cuando les abordas este tema, inmediatamente uno de los dos quiere hacer actividades y el otro no, escuchando los testimonios de pacientes me dicen cosas como: *"es que ella le aburre todo, es que él no quiere hacer nada, es que él dice que no le gusta nada, es que ella es muy floja".*

Podría seguir diciéndote muchas cosas más, si esa es tu actitud, no estás dispuesto a cambiarla, a poner un esfuerzo e intentar hacer actividades que generen momentos tensos, momentos ridículos en los cuales todos paren riendo, sí, he dicho donde todos, porque al inicio puedes hacerlo junto a tus hijos, para no sentirte muy raro. Para luego intentarlo solo. Es más fácil que saltar en una cama elástica y des cien vueltas panza abajo o un paseo en una lancha que empieza a moverse por las olas.

Por ejemplo, algo te cause más emociones que una cena romántica; una película de suspenso provocará más emociones que una película romántica que probablemente te evoque sentimientos de tristeza.

Debes saber que tu cerebro asociará las emociones que siente a la persona con quien está viviéndolas.

Si vives un momento de tristeza en un drama tu cerebro asociará a tu esposo/a con ese sentimiento; (todo esto ocurre a nivel inconsciente), lo que estarás diciéndole con tono de lloro, siento tristeza, siento pesar. Pero si por el contrario en un paseo por un sendero, alguien resbala de una manera chistosa y causa gracia, el ejercicio que haces generará *serotonina,* la caída chistosa generará *placer* y tu cerebro asociará a la persona como: *"me la he pasado genial"* he reído mucho y lo creas o no, estarás produciendo química nuevamente.

En una vida monótona, tu cerebro está asociando la monotonía y el aburrimiento con tu cónyuge, es por eso la importancia de salir de ella y buscar actividades divertidas.
Te he puesto algunos ejemplos, pero no significa que sean los que tienes que hacer, aquí la creatividad cuenta

mucho. Lo que si tienes que saber es que no puedes quedarte sin tener actividades divertidas o que generen emociones positivas. Un viaje siempre genera anécdotas, momentos únicos e irrepetibles, si está en tus posibilidades hazlo. Recordemos que las personas tienden a olvidar las palabras y lo que decimos, *pero jamás olvidan como las hacemos sentir.* Sé que para algunos matrimonios en los que la relación está muy deteriorada esto es ir cuesta arriba, pero te invito a que lo intentes. Hacer un listado de tus diferencias no solucionara nada, **tienes que sentir,** no **pensar, ni razonar.** Por esta misma razón no reclames nada a tu cónyuge, porque tus argumentos más bien pueden causar el efecto contrario de rechazo.

Hagan algún deporte o algún juego donde tengan que competir, mejor si ustedes dos son aliados y los hijos son los rivales, sean equipo y venzan a los hijos que cuando ganen les generara *dopamina*, les dará placer. Puede que alguien me diga doctor: todo lo que me dice es algo ridículo, es imposible que podamos llevarlo a cabo. Quiero decirte que es tu opción, para no tener un matrimonio simplemente como un compromiso, sino para tener una relación que te llene de buenos momentos, gratos y divertidos momentos, lo cual no conseguirás nunca quedándote encerrado en casa.

Aunque ahora que digo eso, te digo que gran parte de lo que he escrito en este libro lo he hecho durante la cuarentena provocado por la crisis del coronavirus, y en estos momentos estando en casa, siempre hemos tenido cosas que hacer con mi esposa y mis hijos.

- Improvisamos un gimnasio en un pequeño espacio con 3 llantas viejas y unas cuerdas.
- teníamos como reto cocinar cada día uno diferente
- estudiábamos la Biblia juntos
- algún juego de mesa
- ver una película juntos, era una rutina
- mi esposa cumplió años durante la cuarentena y le cantamos y le celebramos solo nosotros, nuestras familias en sus casas y nuestra familia en nuestra casa.

Lo que quiero compartirte es que debes tener creatividad para que tus días no sean monótonos. Te invito a que lo intentes, deja la apatía y la flojera, porque será un círculo vicioso, el hecho de no hacer nada, trae monotonía y aburrimiento, esto hace que *desciendan tus niveles* de *serotonina y dopamina*, esto te hará menos tolerante, pero, además, estarás muy predispuesto sufrir depresión y si tienes depresión, tendrás estrés y ansiedad, y así el circulo vicioso cada vez te hundirá en un hoyo del cual te será difícil salir.

Como regla pongan no pelear ni discutir en estas actividades.

Te he explicado sobre el perdón, por lo tanto, espero que no lleves rencor a estas actividades, ni saques en caro nada, te he explicado sobre la mejora constante por lo tanto espero que tu nivel de autoestima sea mejor y hayas encontrado felicidad generada desde una fuente interna y no externa con lo cual iras con una actitud de hacer felices a los demás. Todo tiene que ir caminando en sincronía, las cosas que vas mejorando en ti y las cosas que mejoraran como pareja.

Pasa muy frecuente en las congregaciones que las personas ponen como pretexto para no estar con sus familias en la propia iglesia, sin embargo, la Biblia nos enseña que para todo hay tiempo, debes de apartar un día en tu agenda para estar con tu familia. *Y si alguno no tiene cuidado de los suyos, y mayormente de los de su casa, la fe negó, y es peor que un infiel. 1 Tim. 5:8.*

La familia es la base de nuestras sociedades y la base de las iglesias, así que, una familia sana redundará en una congregación sana.

Es importante que para que esto funcione, ambos estén comprometidos, hay actividades que incluso se quedó como un deseo desde la juventud y ahora es el momento de hacerlo. Muy probablemente que el varón tenga los suyos y la esposa también los propios, a la hora de decidir actividades o *hobbies* pueden sacar turno para escoger que actividad hacer y se comprometen a que uno ayudará o colaborará con el otro a realizar dicha actividad. Claro está, siempre y cuando tus condiciones físicas lo permitan, pero es importante que los dos tengan la opción a proponer actividades y de igual manera ambos se comprometan a involucrase en las actividades propuestas por la otra persona.

PRESENCIA Y AUSENCIA

En esta era de la tecnología es difícil desvincularte totalmente (y es algo que lejos de unir a las personas ha provocado lo contrario), esto se debe a que parte de las relaciones se basan en extrañar a alguien.

Tuve la suerte de vivir en una época donde aún no había, teléfonos móviles, menos redes sociales, gran parte de mi juventud la viví teniendo como medio de comunicación únicamente el teléfono que teníamos en casa de mis padres. En el momento que no estabas en casa automáticamente estabas realmente desconectado, esto el día de hoy podría parecer una auténtica tragedia, sin embargo, en aquella época no lo era, incluso en mi país y en mi barrio había muchas personas que no tenían teléfono en casa. De hecho, en mi casa tuvimos el primer teléfono físico cuando yo tenía unos 16 años, en contraste con la generación de los *millennials* que jamás en su vida han gozado de la libertad que te daba "el no tener un teléfono móvil" más sin embargo ahora te engancha todo el día. Y digo *gozar,* porque si bien es cierto tenía algunas desventajas creo que tenía más ventajas; como, por ejemplo:

Te sentabas a comer con tus padres, todos comíamos y conversábamos mientras lo hacíamos, quedabas con tus amigos y cuando nos juntábamos era para conversar, para bromear, todos poniendo atención de lo que ocurría en la mesa o en la reunión.

Claro, siempre existía el despistado que no ponía atención, pero créeme que no era por estar hablando con otra persona que no estaba allí, como ocurre hoy en día. Recuerdo que luego surgieron los primeros celulares, los cuales únicamente permitían llamadas telefónicas, el hablar por ellos te podía salir un ojo de la cara y no muchas personas podían darse el lujo de tener uno. El hecho de no estar comunicado te hacia realmente extrañar a tu novia, a tus amigos, a tu familia, provocaba una sensación de abstinencia y el deseo de estar con aquellas personas. A su vez, eso te hacia aprovechar cada minuto con ellos y divertirte.

Las relaciones personales eran más personales, la presencia era presencia y la ausencia era ausencia.

Hoy en día te sientas y en la mesa la mayoría de las personas están con la cabeza agachada viendo él móvil, tienes que estar pidiendo por favor a que te presten atención o llega el momento donde te enojas y tienes que llamar la atención subiendo la voz. Muchas veces la persona con la que te reuniste se encuentra en una conversación virtual con otra persona que no está allí, lo más irónico es que cuando esta persona esté frente a frente con la persona con quien se comunica virtualmente cuando está contigo, tendrá que sufrir lo mismo que tú, pues es probable que en ese momento estará comunicándose virtualmente contigo, sin prestarle toda la atención a esa persona.

En las mesas familiares a menudo vemos a los padres reñir con los hijos que habitualmente están físicamente allí, pero virtualmente en otro lugar. No lo tomes a la ligera pues es un problema del cual todos sufriremos serias consecuencias. Creo que el tema de los teléfonos móviles es tan importante y tan lesivos y afectan negativamente el matrimonio y las relaciones en general que he decidido dedicarle un capítulo a dicho tema.

Pero volviendo al tema que nos compete, ¿qué tiene que ver esto con los matrimonios? En esta era de la tecnología, no damos ese espacio a extrañarnos. Siempre estamos testeando, chateando, no dejamos un espacio a preguntarnos ¿qué hará?, ¿le ira bien? Por un lado, el estar comunicados tienen muchas ventajas, pero creo que se abusa de ello y es donde vienen los problemas. Nuestra ausencia nunca es ausencia, porque siempre estamos allí, no dejamos espacio a extrañarnos, hay personas compulsivas y controladoras que quieren un reporte cada cinco minutos.

Está muy comprobado que el pasar mucho tiempo en el chat hace perder la atracción, además, a lo largo del día te lo has dicho todo por chat, que cuando llegas a casa no tienes nada que contar.

Deja un poco de libertad a la otra persona con una verdadera ausencia y disfruta los momentos cuando estén juntos con una verdadera presencia.

Esto solo será posible si tienes un alto grado de confianza, lo cual se logra con todo lo que te he descrito a lo largo de este libro.

En resumen, cuando no estas presente, que tu cónyuge realmente note que no estás. Se indispensable para él o ella, con todas las mejoras que estás tratando de hacer a tu vida. Así te convertirás en una persona más interesante, con más capacidad de ayudar y serán una ayuda mutua. Por el contrario, cuando están juntos que él o ella noten lo maravillosa persona que eres y disfruten juntos los momentos en los que coinciden.

Si peleas, gritas, discutes, más de lo que disfrutas, seguramente no la pasarás bien y tu cerebro asociara solo sentimientos y pensamientos negativos a tu compañía.

Repito todas las cosas tienen que ir caminando sincrónica.

En estos momentos de la lectura te he enseñado que el primer paso es:

- perdonar y has perdonado, te estas mejorando,
- no mendigas amor por que tu estas lleno de amor y felicidad para dar a los demás,
- haces a tu cónyuge las buenas cosas que quieres que hagan contigo, recuerda no esperes retribución ni reciprocidad (puede que te decepciones), claro que es lo ideal, pero no la esperes,
- actúa desde la riqueza espiritual que Dios te ha dado. Aunque quizá es el paso más difícil estas trabajando en refrenar tu lengua, no insultas, no discutes y piensas antes de responder.
- Empezaste a hacer actividades en conjunto, actividades o hobbies que generen anécdotas y por lo tanto que generen *neurotransmisores,*
- ahora estas aprendiendo a dejar cierto espacio para extrañarlo/a más, y poder disfrutar de su presencia.

TENER UNA META EN COMÚN

Este paso es muy importante; está muy estudiado que uno de los éxitos de varios matrimonios es que *tienen metas en común, sueños que ambos están construyendo.* Puede que tu cónyuge tenga una meta propia y está bien que cada uno tenga diferentes metas, pero deben si o si coincidir en algo por lo cual ambos lucharan.

Sean socios, háganse cómplices en un proyecto, puede ser un pequeño negocio, puede ser aprender un idioma, puede ser fundar una sociedad o grupo en tu iglesia que ayude a gente necesitada.

Solo son ideas, lo que quiero que captes el mensaje principal *de hacerlo.* **Hay que ser serios en este paso:**

- escriban la visión,
- la misión,
- los objetivos
- y propósitos del proyecto,
- detallen las fortalezas, las debilidades para poderlo llevar a cabo
- pongan metas en cronograma y objetivos alcanzables a corto, mediano y largo plazo
- evalúen sus progresos,
- celebren sus victorias y sus aciertos,
- en los fracasos apóyense mutuamente y vuelvan a levantarse.

Recuerden: aprópiense en serio estos pasos y escriban el proyecto y evalúen constantemente sus progresos.

"Divide y vencerás", (un dicho que no está nada fuera de la realidad), esa es la estrategia del enemigo dividirte y hacer que cada uno camine hacia su propia vida. El egoísmo y el egocentrismo divide y separa sutilmente sin darse

cuenta. El Señor nos deja varios versículos para darnos luz al respecto:

- *Mas él, conociendo los pensamientos de ellos, les dijo: Todo reino dividido contra sí mismo, es asolado; y una casa dividida contra sí misma, cae. Luc. 14:17*

- *Completad mi gozo, sintiendo lo mismo, teniendo el mismo amor, unánimes, sintiendo una misma cosa Fil. 2:2*

- *Y la multitud de los que habían creído era de un corazón y un alma; y ninguno decía ser suyo propio nada de lo que poseía, sino que tenían todas las cosas en común. Hech.4:32*

El tener un proyecto en común es muy sano para los matrimonios, sobre todo hoy en día cuando las distracciones del mundo y los movimientos postmodernos están bombardeando con ideas que sugieren, "que no se necesita de nadie y que cada uno es autosuficiente".

Puede que el proyecto que inicien juntos sea el que les de la libertad financiera que tanto anhelaban o que de ese proyecto salgan los medios para hacer aquel viaje que siempre habían soñado.

He conocido parejas que después de iniciar un proyecto juntos deciden dejar sus empleos por que han

**comprobado que dicho proyecto, es más
rentable que los trabajos actuales.**

Como en toda sociedad ambos tienen que comprometerse a cumplir con su papel. Las sociedades fracasan porque una de las partes hace más o aporta más al proyecto, aunque no tengan ningún contrato que indican que son socios. La responsabilidad de cada uno debe sincerarse al máximo, de no ser así, lo único que se logrará agregar un problema más al matrimonio.

Si crees que es difícil, inicia con un proyecto pequeño que no necesariamente involucre dinero, como lo he dicho antes puede ser un proyecto de cómo ayudar a una comunidad o algo similar, *lo importante es iniciar un proyecto juntos.*

El matrimonio, en sí, es un proyecto conjunto, el criar a los hijos y educarlos también, y en esto también cada uno tiene que cumplir el papel. Pero cuando se habla de un proyecto es tema aparte.

El placer de alcanzar metas juntos, y hacer realidad sueños les generará química, *la química del amor*, tendrán dosis de *dopamina* con cada obstáculo que venzan juntos, tendrán felicidad, tolerancia, alegría con cada objetivo alcanzado, será algo así como ir jugando un video juego e ir alcanzando nuevos niveles que llevarán al matrimonio a un mejor puerto. El matrimonio es un juego de equipo, si un equipo solo tuviera defensiva ¿quién anotaría los goles, o si solo tuviera delanteros quien defendería?

Juega tu papel en el equipo, desempéñalo con excelencia por el bien del equipo, cuando pierde uno, pierden los dos e incluso los hijos, vamos, ¡hagamos a nuestros equipos campeones en el juego de la vida!

Este paso sirve como un antídoto ante el estancamiento o a la monotonía en que muchos matrimonios caen, pues tener un proyecto en común hará que siempre tengan nuevas experiencias juntos, nuevos retos que vencer, encrucijadas que resolver.

COMPLETA Y MEJORA A TU CÓNYUGE

Quizá esto tenga que ver con el capítulo anterior, pero en este punto me refiero a que el varón ayude a su esposa a alcanzar aquellos sueños que ella anhela y que la mujer haga lo mismo respecto a su esposo. Aquí se trata de hacer mejor a la otra persona gracias a que tu existes, tienes que convertirte en una necesidad para tu esposo o esposa.

Se trata de que el hecho de *estar contigo*, le haga sumar, no restar ni dividir.

Ayúdale a cumplir aquel sueño que siempre ha tenido, motívale a que retome aquellos cursos que dejo pendientes, dale todo tu apoyo a la hora de emprender un negocio o un proyecto, si es necesario que te aprietes los pantalones y te sacrifiques hazlo. Ten en mente que lo importante es que tu cónyuge sea mejor gracias a que tu estas ahí. A menudo vemos problemas en los cuales la esposa o el esposo no son capaces de ver con empatía los sueños del otro y pareciera ser que solo los sueños de cada uno son los que importan, en esta sociedad donde el egoísmo es tan habitual, no vemos nada extraño que yo quiera cumplir mis sueños y me importe poco o nada los sueños de la otra persona.

Si bien es cierto, la Biblia llama a la mujer a ser la ayuda idónea, también es cierto que Dios dice que ya no son más dos, sino que son una sola carne.

Efesios nos dice que el que ama a su esposa así mismo se ama, esto quiere decir que debemos ser ayuda mutua. Por lo tanto, si aún no conoces aquel sueño que tu esposo o tu esposa dejo a medias o dejo inconcluso por que se casó contigo y porque con los hijos llegaron nuevas responsabilidades, *te invito a que le preguntes y le ayudes, a que lo consiga.* Eso sí, si no le puedes sumar, tampoco le restes.

Por otro lado, *acepta la ayuda*, el orgullo muchas veces no nos permite dejar que nuestro cónyuge nos dé una mano. A veces somos los propios responsables de la poca colaboración o solidaridad, debido a dos cosas, o nos sentimos autosuficientes o nuestro orgullo es más grande que el océano Atlántico.

Unánimes entre vosotros; no altivos, sino asociándoos con los humildes. No seáis sabios en vuestra propia opinión Rom. 12:16

Creo que no hay necesidad de explicar este verso y aquí te va uno mejor:

Mejores son dos que uno; porque tienen mejor paga de su trabajo. Porque si cayeren, el uno levantará a su compañero; ¡pero !!ay del solo! que cuando cayere, no habrá segundo que lo levante. También si dos durmieren juntos, se calentarán mutuamente; mas ¿cómo se calentará uno solo? Y si alguno prevaleciere contra uno, dos le resistirán; y cordón de tres dobleces no se rompe pronto. Ecle. 4:9-12

Hay matrimonios en donde una de las partes lejos de ser una ayuda, o mejorar a la otra persona, se constituye en el principal obstáculo, en la persona capaz de sacar su lado más negativo. No son ayuda mutua e idónea si no son el obstáculo perfecto y cuando hablo de idoneidad me refiero tanto a hombres como mujeres.   Que quede claro que en este capítulo no me refiero a la autoridad o la cabeza del hogar, pues de ese tema me encargue con detalle en capítulos anteriores, es decir, no estoy poniendo en duda alguna el mandato de Dios.

Insto a los esposos, que se conviertan en las mejores ayudas y en los mejores aliados de sus cónyuges.

Es mi deseo que un día entiendas, que la realización de tu esposo/a, *es tu propia realización*. Digamos que en este punto tú te conviertes en la persona que ayudará a tu cónyuge a ser una mejor persona, ¿recuerdas? En un inciso previo hable sobre la mejora integral que debes tener como persona individual, pues en este paso me refiero a ser la persona que ayuda a tu esposo o a tu esposa a mejorarse cada día. Y esa mejora tiene que ser también integral, muchas veces la persona que más provoca a que no tengas una estabilidad espiritual es precisamente tu cónyuge. Si bien es cierto cuando hable que la teología de una persona se podía medir respecto al concepto que su esposo o esposa tenia de él o ella, también es verdad que muchísimas ocasiones es precisamente nuestro cónyuge la astilla en el pie que no nos permite mejorar en cuanto a nuestra relación con Dios. ¡No te conviertas en aquella persona que pone piedra de tropiezo a su cónyuge, de su relación con Dios! Te lo he dicho antes si no sumas, tampoco restes. Si tienes algo que reclamar, espera, no lo hagas airado/a piensa y medita, busca el momento oportuno, busca las palabras y la manera para hacerlo. Ayuda a mejorar la relación con Dios de tu pareja, porque ésta, te dará una buena e inquebrantable convicción. Así que trata de ayudar espiritualmente a tu cónyuge.

El hecho que quieras ayudarle a tu cónyuge a *"ser mejor"* no significa que quieras cambiarlo por tus propias fuerzas; ¡ten cuidado con eso porque podrá traerte problemas!

Todas las personas tenemos individualidad, hay cosas que nos distinguen de los demás, por mucho que nos esforcemos jamás podremos cambiar en alguien.

Hemos de aprender a vivir y a tolerar cosas de la otra persona.

Por otro lado, creo que todos deben tener la sensatez de analizarse y cambiar todas aquellas cosas que a la otra persona le molestan.

Por supuesto, dentro de tu capacidad de poderlo lograr. pero jamás cambiar nuestra esencia. Es muy probable que esa individualidad y esa esencia fue la que un día te enamoro de esa persona y si después de un tiempo quieres que las cambie, le estarás quitando eso que un día te volvió loco/a de amor. Cuando algo te moleste intenta decirlo a manera de sugerencia y no como una queja.

Como te has dado cuenta hasta aquí en ningún momento te he mencionado hacer una lista de diferencias, porque creo que todo debe partir desde:

- *el cambio interior de ambos,*
- el temor a Dios,
- de nuestras convicciones,
- de nuestra moral,
- de nuestra ética.

Las causas de separación y de divorcio son muchas y yo te he mencionado algunas en capítulos anteriores. En este próximo daré algunas de las posibles soluciones; conociendo bien las causas será más fácil para cada pareja formular sus propias soluciones.

- 7 -

Actuando Sobre las Causas de Separación

CÓMO CONTRARRESTAR LOS CELOS

Te he explicado en qué consisten los celos, como nacen, las causas intrínsecas y extrínsecas. Para las causas intrínsecas la única persona que puede hacer algo eres tú mismo/a. Debes dejar de tener pensamientos obsesivos y de imaginar cosas que no existen.

Los celos provocan una especie de ceguera tal en las personas que todo lo que ven, les causa duda.

¿CÓMO PUEDES SUPERARLO?

- Primer lugar acepta que tienes el problema,
- no te dejes llevar por los impulsos,
- no actúes y no hables por cosas que te imaginas debido a que estas metiendo a tu relación en un campo de toxicidad.

Ya conoces la química de los celos, pues toda esa química la persona la trasmite a la relación. Existe "La ley del contagio emocional", la cual dice: *"toda persona es capaz de introducir a otras al estado en el cual se encuentra, de hecho una mujer o un hombre enojado, es capaz en pocos minutos de poner a todos los miembros de su familia en un estado*

227

toxico similar".

Somos capaces de transmitir paz, pero también ansiedad, tolerancia, impaciencia, amor y odio.

Para poder contrarrestar tus celos no hay nada mejor que trabajar en ti, en tu autoestima y eso se logra haciéndote mejor cada día, superándote, no tienes rivales externos el único rival eres tú mismo, a quien tienes que vencer es a tu YO.

Cuando exista una persona que tiene más éxito que tú lo cual afectará tu autoestima. ¡POR FAVOR nunca te compares! eso te hará sentirte inferior. Debes de saber que tú eres único, Dios te hizo especial.

Todos tienen virtudes y muchos ni siquiera las conocen descubre las tuyas, innova, trabaja en ti, sin celar ni envidiar a los que te rodean.

La palabra nos enseña que los celos son un fruto de la carne (*Gálatas 5)*, por tanto, la medida más eficaz para los que conocen a Cristo es elegir ser como Él. ¡Elige moldear su persona en ti! A decir verdad, he dejado por último como abordar los problemas específicos, porque con todo lo que expuse al inicio de este capítulo, tendrás las herramientas necesarias para solucionar cualquier problema habido en tu relación.

El perdonar de corazón, el hacerte libre de la amargura y del rencor te hará iniciar una mejor relación libre de cualquier sentimiento y pensamiento negativo.

- **Mejorarte hará que tu autoestima crezca**, te sentirás más seguro de ti mismo. Mientras ocupas tu tiempo en trabajar en ti, tendrás menos tiempo de tener pensamientos negativos. La mente desocupada es el mejor taller del enemigo para sembrar en ti pensamientos negativos.

- **Cuando mejoras integralmente el ejercicio** y una dieta sana mejorará tus niveles de *serotonina* con lo cual tu química mejorará y tu capacidad de relacionarte será mejor, con menos reproches y con más amor propio.

- **El No mendigar amor** y el no reclamar, hará que tu relación fluya en el lado positivo, vigila muy bien tus reacciones, porque el reclamar por celos es similar a mendigar amor. Es como estar pidiendo atención que crees que no tienes o lo que es peor que no mereces. Deja de reclamar y pedir explicaciones a tu cónyuge cuando estas invadido por los celos. Cuando ese sentimiento llamado celo se apropia de tu mente es muy fácil perder el control y reclamar por cosas que te imaginas, que ni siquiera pueden ser reales.

El darte tu lugar y sentirte seguro de ti hará que tu pareja te vea con otros ojos, cuando empieces a dejar de reclamar, de pedir explicaciones eso definitivamente mejorará tu relación.

El hacer a tu cónyuge lo que quieres que se haga contigo, te hará recapacitar y pensar cómo te sentirías tú en una relación asfixiante donde estás siendo juzgado y atacado, una y otra vez; a veces con razón, otras veces sin motivo.

Si fuera al contrario y a ti te estuvieran atacando con insinuaciones, insultos, por cosas que ni siquiera están pasando, haría que tarde o temprano te desesperes y colapses. Por otro lado, este es un llamado a la otra parte, no seas infiel, piensa: ¿qué pasaría si la infidelidad te la estuvieran cometiendo a ti?

A menudo veo en mi clínica a pacientes sobre todo varones, que abandonaron a sus esposas y están en nuevas relaciones, quienes acuden por problemas de disfunciones sexuales y cuando se analiza su caso, a ellos les está ocurriendo lo que ellos hicieron. Algunos le llaman /*Karma*/ pero como cristiano le llamo *"la ley de la siembra y la cosecha"*, *estos* pacientes te relatan que tienen pensamientos negativos al respecto de su nueva pareja y piensan que si no se desempeñan bien sexualmente les pueden ser infieles. Muchas de las veces, lo están haciendo e incluso hay varias personas que admiten que sus nuevas parejas les han sido infieles y tiene que lidiar con lo que la palabra establece, *No os engañéis; Dios no puede ser burlado: pues todo lo que el hombre sembrare, eso también segarás. Gálatas. 6:7*

La Biblia nos ofrece el antídoto para todo.

Así que antes de pensar que estamos en una relación con nuestro esposo o nuestra esposa pensemos que antes tenemos una relación con Dios y que Dios no puede ser burlado.

Si tu cónyuge tiene pensamientos negativos tu ayuda hará que estos vayan desapareciendo no teniendo conductas que desencadenan esos sentimientos en tu cónyuge.

Al refrenar tu lengua complementas todo lo que he estado diciendo. Si evitas hablar cuando estas teniendo un pensamiento que te lleva a sentir celos ¡refrénate!, cuenta hasta a diez si es necesario, pero evita hablar y decir cualquier cosa que pueda encender un gran fuego e inunde la rueda de la creación. ¡Si!, normalmente cuando no puedes refrenar o contener tus palabras todo puede terminar en un gran problema que contamina al núcleo familiar, con lo cual aparte de afectar y deteriorar tu relación con tu pareja estas al mismo tiempo afectando en gran manera a tus hijos.

Cuando empieces a tener actividades en conjunto esto irá creando momentos dando seguridad y confianza en tu cónyuge, tus temores de pérdida disminuirán y empezarás a comportarte de manera más agradable y esto hará definitivamente que la relación camine del lado positivo de las emociones lejos de la toxicidad. Los momentos y anécdotas que surjan de tener actividades en común, elevarán tus niveles de *serotonina, domina, adrenalina* e incluso *oxitocina.*

Con el paso de Ausencia y Presencia darás un espacio a tu cónyuge para que te extrañe, además dejarás de agobiarle ya que puede que tenga un día muy ocupado y si estás constantemente llamándole o escribiéndole terminas por hacerle el día más pesado, deja un buen tiempo y sobre todo confíen el uno en el otro.

No digo que no llames nunca o no mandes un mensaje, pero intenta hacerlo lo más mínimo, sobre todo por alguna emergencia, intenta vivir en los tiempos en donde no había celulares y no había redes sociales. /risa/ Para las personas, celosas, obsesivas y posesivas puede que este paso sea muy difícil de dar, pero tienes que poner fuerza de voluntad e intentar no hacerlo a no ser que sea realmente necesario o para desearle a tu cónyuge un buen día en algún momento del día.

Al tener metas en común afianzaran la comunicación y la

confianza, a medida en que se vuelvan cómplices de un proyecto, al tenerlo en conjunto hará que ese mismo compromiso le dé más seguridad y fortalezca a tu relación.

Cuando ambos se comprometen a mejorarse y complementarse el uno al otro hará que tu autoconfianza mejore confiando más en tu cónyuge ya que notarás que él está haciendo cosas por ayudarte a mejorar y a que sobresalgas (siempre y cuando haya compromiso mutuo).

El hecho de ayudar a mejorar a la otra persona no significa que estás entrometiéndotes en todos los aspectos de su vida, la ayudarás a cumplir sus metas, sus anhelos sin ningún tipo de envidia.

En este punto no tienes que esperar ser retribuido, esto es algo a lo que Dios nos llamó *a ser ayuda mutua*; a ser una sola carne.

CÓMO CONTRARRESTAR LA INFIDELIDAD

Uno de los golpes más bajos y letales que puede sufrir un matrimonio es la infidelidad, todas las personas que cometen infidelidad tienen sus motivos y quizá sean razonables y justificados a la vista de los que los oyen. La mayoría de las personas infieles se presentan como víctimas o mártires, cuyos dramas de sufrimiento y dolor narrados son semejantes a una novela de Hollywood; (puede ser que, si existan historias de verdaderos infiernos, pero creo que ese no será tu caso). Pero aún en estos casos la Biblia nos dice que se separen, pero si lo hacen se queden sin casar. *"...y si se separa, quédese sin casar, o reconcíliese con su marido; y que el marido no abandone a su mujer".* *1 Corintios 7:11*

Cuando la atracción se va perdiendo es muy fácil ser persuadido y caer en infidelidad.

Para que ocurra una infidelidad se necesitan por un lado desmotivación y por otro lado una nueva ilusión. Ahora bien, muchas de las personas infieles enfermizos o enfermizas tienen problemas de personalidad, necesitan constantemente de validación, esconden la baja autoestima en ese complejo de casanovas. Está claro que en este punto lo más importante son los principios, los valores, y las convicciones de cada uno.

Lo más importante es que tengas un ser regenerado, engendrado por Cristo.

Un verdadero hijo de Dios nacido de nuevo tiene que sobreponer su convicción, su amor a Dios y a su palabra antes que satisfacer sus propias concupiscencias.

La base de la fidelidad aparte del amor a tu cónyuge y el amor a tus hijos es sobre todo el amor a Dios.

Debes tener presentes las promesas que hiciste el día de tu matrimonio, una persona nacida de Cristo practica el amor sin condiciones, un verdadero cristiano pone su fe por sobre todas las cosas. *Mas diréis: ¿Por qué? Porque Jehová ha atestiguado entre ti y la mujer de tu juventud, contra la cual has sido desleal, siendo ella tu compañera, y la mujer de tu pacto. Malaquías. 2:14*

Claro que esta palabra no es solo para los hombres, en nuestros tiempos la infidelidad de la mujer es casi tan frecuente como la del varón. Además, el tema de la infidelidad va más allá que consumar el acto del adulterio. Cristo dijo que no venía a abolir la ley si no a cumplirla: *Oísteis que fue dicho: No cometerás adulterio. Pero yo os digo que cualquiera que mira a una mujer para codiciarla, ya adulteró con ella en su corazón Mt.5:27-28*

Esto incluye ver pornografía, aunque te parezca fuerte que lo mencione en este libro, esta práctica según este pasaje es también infidelidad. Lamentablemente hoy en día el porcentaje de personas con esta práctica, tanto hombres como mujeres es altísimo incluso dentro de nuestros jóvenes, adultos e incluso lamentablemente varios de los llamados pastores practican la visualización inmoral.

Se cree que más del 80 % de los varones tienen esta práctica casi a diario o frecuentemente a la semana.

Pero esto quizá no es de sorprenderte; lo que si sorprende, es que también las mujeres están enlazadas a este mal hábito. Una encuesta de 24 mil mujeres reveló que 18 % de ellas ve pornografía diariamente, 63 % lo hace un par de veces por semana y lo más revelador es que el 9% lo hace varias veces en un mismo día.   Sé que estas declaraciones son muy duras y fuertes, pero es la triste realidad. También esto es tomado como acto de infidelidad y creo que, si no se habla y si no se le hace reflexionar a las personas al respecto, cada día tendremos más esclavos de esta práctica maligna y degenerada de lo que es la sexualidad, (en vez de ser un acto santo).

A decir verdad, no tenía pensado hablar del tema, Dios puso en mi corazón abordarlo, porque es una realidad de la que muy pocas personas hablan. *Y si tu ojo te hace pecar, sácatelo y tíralo. Es preferible entrar en la vida eterna con un solo ojo que tener los dos ojos y ser arrojado al fuego del infierno. Mateo 18:9*

Quiero hacer un llamado, si eres una de esas personas que esta enlazado a este vicio, lo dejes. Pon tu voluntad en Dios y en su palabra y *Él te librara del lazo del cazador y de la peste destructora Sal. 91:3*

Por otro lado, si has sido víctima de infidelidad lo que te toca es hacer uso de los consejos que te he dado, que como verás te servirán en todos los casos y en todas las causas de

separación y divorcio existentes:
- Perdona,
- mejórate,
- no mendigues amor,
- haz con tu cónyuge lo que quieres que haga contigo,
- refrena tu lengua,
- inicia a tener actividades que generen emociones juntos (vuelve a leer ese párrafo una y otra vez si es necesario).

- Inicien un proyecto en común, mejórense el uno al otro. Esto te lo estaré repitiendo en cada apartado, porque es lo que en mi experiencia y basado en el conocimiento científico te funcionará más que cualquier terapia o cualquier listado de diferencias que puedan hacer. Muchas veces esos listados lo que buscan y encuentran más bien a culpables, pero no queremos encontrar culpables.

Queremos encontrar soluciones y las soluciones primero tienen que ser internas, cada uno trabajando individual y paralelamente; externas o conjuntas, ambos trabajando en pro del bienestar del matrimonio.

La mejor herramienta para superar la infidelidad es la mejora constante, ya que los sentimientos que desencadena la infidelidad en una persona que la sufre

son:
- *baja autoestima,*
- *la desmotivación,*
- *depresión,* que no es más que la incapacidad de ver un futuro feliz y prometedor.

El mejorarte te dará una visión diferente de la vida, volverás a encontrarle propósitos, serás capaz de poder dar un giro de 180°. Piensa que en las luchas y en las pruebas es donde te haces fuerte. Muchas de las veces estas luchas es lo mejor que te puede pasar para reinventarnos y redescubrirnos no te quedes en un estado de tristeza y depresión, te acepto que sufras y llores un poco de tiempo que es lo normal para todos los seres humanos con sensibilidad, pero jamás te quedes en ese estado, levántate como las águilas recuerda que: *El da esfuerzo al cansado, y multiplica las fuerzas al que no tiene ningunas. Los muchachos se fatigan y se cansan, los jóvenes flaquean y caen; pero los que esperan a Jehová tendrán nuevas fuerzas; levantarán alas como las águilas; correrán, y no se cansarán; caminarán, y no se fatigarán. Isa 40:29-31*

Así que, ¡levántate nuevamente y lucha! primeramente por ti, y luego de asimilarlo de haber practicado el perdón, también lucha por tu matrimonio.

El hecho de mejorar te hará sentir cada día mejor, te hará sentirte con más valor, te hará estar alegre.

El corazón alegre hermosea el rostro: Mas por el dolor del corazón el espíritu se abate. Sana tu corazón, pide a Dios una inspiración diaria para mejorar. Prov. 15:13.

Dale un giro a tu vida busca la fuente de la felicidad en Cristo. (Mateo 11:28). Deja de estar afligido supérate a ti mismo/a cada día, no te compares con nadie, tú eres único/a *Todos los días del afligido son trabajosos: Mas el corazón contento tiene un convite continuo. Prov. 15:15*

CÓMO CONTRARRESTAR LA MONOTONÍA

Como te lo he dicho en capítulos anteriores, uno de los mayores enemigos de nuestros matrimonios es la *monotonía*. Todos los días tenemos que estar en constante cambio y evolucionando nuestra relación. Los cambios que tenemos que hacer van desde:

- pintar y decorar nuestra habitación, para que nuestro ambiente tenga cambios,
- has actividades en conjunto con la familia al inicio y luego solos, has que tus actividades sean creativas y que tengan cierto grado de acción y de emoción,
- intenta que cada momento cree anécdotas divertidas, únicas e irrepetibles.
- Incluso hazte un cambio de *look*, no necesitas gastar mucho dinero, hoy en día en internet existe infinidad de información que puede ayudarte a cambiar de look con poca inversión.

- Si tu problema es realmente el dinero, puedes ir una tarde al parque y simplemente ver la gente pasar, tomar un helado (para esto no necesitas mucho dinero)

Te aseguro que siempre habrá algo de que reír y alguna anécdota que contar.

- no te quedes estático en un mismo escenario, tu matrimonio y tu vida tienen que estar en constante cambio y evolucionar,
- si en tus actividades puedes incluir un paseo en bicicleta o quizá de pronto ir a dar un paseo en lancha (estos paseos traen muchas emociones, te elevan la adrenalina).
- puedes ir a jugar tiro al blanco a la feria de tu ciudad, puedes hacer infinidad de cosas. Yo simplemente estoy dándote ideas.

No permitas que tu vida matrimonial se convierta en un ir y venir de la casa al trabajo y del trabajo a la casa. Es necesario que dentro de tu agenda semanal tengas alguna actividad planeada, si se te hace imposible hacerlo semanalmente, hazlo cada quince días o si definitivamente no puedes, hazlo cada mes, pero ¡por favor hazlo!

No seas parte de las estadísticas de las parejas que dejan que la monotonía acabe con toda la química

que un día tuvieron.

Mantente en acción, en movimiento, la vida es como una película (*movie*) su nombre lo indica, movimiento. Si tu vida ha sido pasiva, amigo, hermana, es momento de que te pongas en movimiento.

He estado diciéndote una y otra vez que la mejora constante en todas las áreas de la vida es el mejor antídoto para la monotonía. No solamente para eso, sino también para generar química, para sentirnos mejores con nosotros mismos, para tener felicidad interna, la cual es capaz de dar felicidad, que cuando llega, trae una copa llena con el deseo de compartir y no con la copa vacía esperando que alguien le dé un poquito de la suya.

Todo esto redundará a que los matrimonios funcionen cada día mejor.

Que no sea solamente un compromiso adquirido ante la sociedad, ante nuestros hijos, ante Dios, si no que sea una aventura infinita en la cual no hay tiempo para el aburrimiento.

FALTA DE ENTENDIMIENTO Y TOLERANCIA

Primero que nada, has aprendido que el primer paso es refrenar tu lengua. Los médicos tenemos un dicho "*primum non nocere*", significa: "*lo primero es no hacer daño*". Creo que esto está más que aplicado a la comunicación entre marido y mujer. Lo primero que tienes que hacer, es no dañar con las palabras, no provocar a ira; refrenar la lengua es el primer antídoto para poderse entender. Refrenar la lengua no significa que nunca hablaré, esto significa que en un momento de conflicto será mejor callar u ofrecer una palabra blanda antes de continuar encendiendo el fuego que haga que arda toda la creación tal como nos explica Pablo en su epístola a Santiago.

Cuando hieres con palabras, cuando faltas el respeto, entras en un estado defensivo en el cual cada uno estará esperando el primer tiro para responder a discreción.

Recuerda que cuando hablamos del problema te compartía que cada persona tiene una manera con la cual percibe el mundo, *visual, auditivo o quinestésico*. Intentemos conocernos mejor, quizá estás hablando el mismo idioma, pero en diferente lenguaje.

Quizá el primer paso sería descubrirnos, así entenderías que cuando tu cónyuge te habla si es visual quizá simplemente con mirarla al momento de conversar se resolverían muchos problemas, sé que probablemente esto te puede parecer ridículo, pero no lo es, por lo menos inténtalo.

Quisiera marcar el equilibrio en este punto, pues como he dicho antes puede que esto se mal interprete a que nunca debo decir nada, que nunca debo expresar mis incomodidades e incluso mis reprensiones, no, no se trata de eso, se trata de buscar el momento correcto, las palabras correctas y decirlo de la manera correcta.

La Biblia nos dice: *Mejor es la reprensión manifiesta que el amor oculto. Fieles son las heridas del que ama; pero importunos los besos del que aborrece Prov. 27: 5-6* Nunca continuemos una conversación que está llena de ira y de rencor, no lo alimentes dando más combustible al fuego *No te entrometas con el iracundo, ni te acompañes del hombre de enojos; porque no aprenderás sus maneras, y tomes lazo para tu alma Prov. 22:24-25*

Como te he explicado existe el *contagio emocional*, no te dejes contagiar en un momento dado, da una *blanda respuesta porque esta aplacara la ira, más la palabra áspera hace subir el furor. La lengua de los sabios adornara la sabiduría: Mas la boca de los necios hablara sandeces Prov. 15:1-2* Toma control de tus emociones piensa antes de responder: *El corazón del justo piensa para responder: más la boca de los impíos derrama malas cosas Prov. 15:28* De alguna manera si tú no te dejas influir por un momento de ira y gritos podrás tomar el control de la situación *El hombre iracundo mueve contiendas: más el que tarde se enoja, apaciguara la rencilla Prov. 15:18*

La Biblia nos enseña de cuál debería ser la manera de

comunicarnos, primero: ***Ninguna palabra corrompida salga de vuestra boca, sino la que sea buena para la necesaria edificación, a fin de dar gracia a los oyentes Efe. 4: 29.*** de la abundancia del corazón habla la boca, por lo tanto, llena tu corazón de bien, ***El hombre bueno, del buen tesoro del corazón saca buenas cosas; y el hombre malo, del mal tesoro saca malas cosas Mt. 12:35*** La manera en que decimos las cosas pueden cambiar la interpretación que nuestro cónyuge le dé. No es lo mismo "come gordito, que gordo come".

Habla con gracia, habla amable, lee lo que os dice Colosenses ***Sea vuestra palabra siempre con gracia, sazonada con sal, para que sepáis cómo debéis responder a cada uno Col.4:6.*** Hay personas que no pueden dirigirse a los demás de una manera amable y son capaces de irritar su entorno con la manera en que dicen las cosas, la Biblia es clara y nos da directrices de como dirigir nuestra vida, de cómo relacionarnos con Dios y como relacionarnos con los demás.

Uno de los defectos de nuestra cultura es no hablar con la verdad, a la hora de comunicarte con tu cónyuge, habla verdad, no mientas, cuando seas sorprendido en una mentira perderás credibilidad, ***Pero sea vuestro hablar: Sí, sí; no, no; porque lo que es más de esto, de mal procede Mt. 5:37.*** El hecho de pertenecer a una cultura que tiene como una manera normal de comunicarse la mentira, hace que constantemente seamos cuestionados y que las personas nos pidan jurar para creernos a lo cual la Biblia responde *Pero sobre todo, hermanos míos, no juréis, ni por el cielo, ni por la tierra, ni por ningún otro juramento; sino que vuestro sí sea sí, y vuestro no sea no, para que no caigáis en condenación Stgo. 5:12.*

A la hora de comunicarnos tengamos presentes todos estos versículos que seguramente nos ayudarán a tener una comunicación más sana. *Pero ahora dejad también vosotros todas estas cosas: ira, enojo, malicia, blasfemia, palabras deshonestas de vuestra boca Col.3:8.*

De la misma manera que en las otras causas de separación y divorcio volveré a mencionar que perdonar cuando nos han ofendido es el camino. *La cordura del hombre detiene su furor; Y su honra es disimular la ofensa Prov. 19:11.* No tengas conversaciones si estas lleno de ira o rencor porque esto será como una bomba que solo requiere una pequeña chispa para estallar.

Mejorarte en todas las áreas, también incluye que leas primeramente la Biblia y luego también temas de interés, instrúyete, aprende algo nuevo y eso redundará en tener más temas de conversación y así dejar de hablar solamente de problemas del trabajo o de la casa (que también hay que abordarlos) porque esto hará monótona tu conversación.

Definitivamente una de las mejores estrategias para poder tener una buena relación es hacer ejercicio intenso. Esto te hace liberar *serotonina* y hará que veas la vida con más optimismo y tu estado de ánimo y tolerancia aumenta como resultado de esto.

En reposo estarás más relajado y la química de tu cuerpo estará hacia el lado positivo. Hacer ejercicio, una dieta balanceada a base de frutas, verduras y frutos secos te ayudara de una manera sorprendente.

Evita el sedentarismo, evita comer grasas y frituras y consume poca cantidad de carne a la semana, quizá te parezca mentira, pero la manera en que te alimentas también puede afectar tu estado de ánimo.

Duerme bien, descansa, el no dormir bien y no descansar también afectara tu estado de ánimo y por lo tanto tu comunicación y tolerancia.

Cuando *NO mendigas amor*, vendrás para tener una conversación llena de alegría, llena de felicidad, dispuesto a dar más que a recibir, porque vienes con una actitud de tener una copa llena y no una copa vacía que quiere que algo o alguien externo le llenen para sentirse bien, no tendrás una conversación llena de reclamos.

Si hablas como quieres que te hablen a ti serás cortés,

serás amable, muchas personas no son ni una cosa ni la otra, sin embargo, quieren que les trate y se les hable con cortesía y amabilidad. ¡Uff! ...capaz de hacer perder el juicio a cualquiera con su manera de decir las cosas.

Quieres que sean amables contigo, que te hablen bien, se amable y habla bien.

Haz a los demás como quieres que hagan contigo nos dice el Señor. No esperes que, si eres grosero y no hablas, más bien gritas, recibir una conversación sana, todo lo que siembras eso también cosecharás.

Tener actividades emocionantes traerá poco a poco una mejor comunicación, pues podrán hablar de las anécdotas que han pasado juntos, deja por un momento las tediosas conversaciones de los problemas del hogar, será un alivio y un respiro a tu manera de comunicarte.

El tener metas en común definitivamente mejorará tus conversaciones, hablen de los proyectos, involúcrate realmente en este punto ya que este es un pilar de las relaciones duraderas.

Mientras pensaba en ideas y me documentaba para escribir este libro, también tuve la oportunidad de conversar con parejas que a mi juicio eran exitosas a pesar de lo años y había algo en común que tenían alguna actividad o proyecto que realizaban juntos, varios de ellos muy mayores entregados a ayudar a matrimonios jóvenes, otros estaban integrados a grupos de ayuda comunitaria, otros con empresas donde la esposa maneja cierta área de la empresa y el esposo se dedica a otra, es decir este punto es muy importante para la comunicación en tu matrimonio. Dicho sea de paso esto también hará que se complementen el uno con el otro, que sean ayuda mutua, que uno ayude al otro a mejorar.

Tengo que hacer hincapié en que todo esto funciona si ambos están comprometidos, pero si por un lado el varón se compromete primeramente con Dios, con el mismo y con su matrimonio y por otro su esposa no lo hace o viceversa, esto no funcionará. Doy por sentado que este libro lo leerán sobre todo parejas cristianas que quieren mejorar sus relaciones o restaurar sus matrimonios y por lo tanto el llamado es a que los dos cumplan su parte. Cuando hablamos de tolerancia hacia nuestro cónyuge, más estamos hablando de aceptación, no intentes cambiar la esencia de nadie, todos somos individuos singulares. Probablemente aquello que hoy no toleras de tu cónyuge, es de las cosas que te enamoraron de esa persona.

Por otro lado, hay cosas como lo son malos hábitos que no son esencia de alguien, estos son simplemente malos hábitos con los que quizá creció y estos aspectos si deben ser abordados para cambiarlos en pro de una buena relación. Habla de ellos con tu esposo o esposa teniendo en cuenta todos los aspectos de una buena comunicación que te he mencionado anteriormente. Hay muchas cosas de sentido común, tú no puedes decirle a alguien "déjame, yo soy así" cuando lo que haces es un mal hábito como por ejemplo dejar tirada tu ropa por todos lados en la habitación (por decir algo), no puedes decir "acéptame como soy" cuando eres un mal educado que nunca dice gracias y nunca pide por favor.

He conocido persona que tienen comportamientos ante la sociedad muy distintos a los que tienen frente a sus cónyuges, tu esposo/a merece el mismo o mejor comportamiento; se sinceró contigo mismo, se sensato, se correcto y cambia todo aquello de lo que eres consciente que este en tus manos cambiar.

Por ejemplo, en mi caso hay algo que no puedo dejar de hacer y es despertar temprano y levantarme a leer o hacer alguna actividad productiva aun en feriados o en vacaciones, de hecho, este libro fue escrito en un 90% durante la pandemia del coronavirus, pues a pesar de no estar trabajando como habitualmente lo hago, no podía dejar de levantarme temprano a leer, escribir y trabajar en este proyecto. Mi esposa solía reñirme al respecto, sin embargo, siempre he sido muy cuidadoso de no hacer ruido cuando me levanto para no afectar su sueño, al no molestarle, ni interferir con su sueño y no hacerle daño a nadie más, ella ha entendido que esto es parte de mi esencia, de mi individualidad y por lo tanto nunca me riñe más al respecto. Tolerar no es soportar, tolerar en el matrimonio es más bien aceptar al otro con su esencia.

CÓMO CONTRARRESTAR LOS PROBLEMAS ECONÓMICOS

El amor al dinero es la raíz de todos los males, pero muchas veces no es necesario amarlo para estar en problemas, muchas personas se unen en el vínculo del matrimonio sin haber hecho un análisis de su situación financiera tanto presente como futura. También hay casos en los cuales matrimonios después de muchos años siguen cometiendo errores en cuanto al manejo del dinero en el hogar. Creo en lo que la palabra dice basta el día y su afán, pero la Biblia nos hace referencia a observar a la hormiga:

Ve a la hormiga, oh perezoso, Mira sus caminos, y sé sabio; La cual, no teniendo capitán, Ni gobernador, ni señor, Prepara en el verano su comida, Y recoge en el tiempo de la siega su mantenimiento Prov. 6:6-8.

Veamos el carácter apercibido de la hormiga. Como lo he mencionado antes, conozco muchas personas con teléfonos que exceden por muchas veces los sueldos que devengan, el manejo del dinero es algo sobre lo que no nos enseñan en la escuela o en la universidad, te sugiero que leas libros al respecto que te enseñan detalladamente el manejo del dinero. Muchos jóvenes se casan prometiendo que los problemas económicos no les podrán separar tal como leíste en el capítulo de los pactos del matrimonio, sin embargo, pasados unos años cuando aparecen las deudas, los compromisos de los pagos, los gastos de los niños (que son más de lo que te imaginas) empiezan los problemas. Además, cuando ambos trabajan la pregunta es: ¿cómo manejar el dinero cuando las dos personas aportan?

La mayoría de los temas que abordo en este libro tienen mucho que ver con temas científicos que se manejan en la sexología y lo he compaginado con el consejo bíblico sin dejar algo que considero de suma importancia que es la experiencia clínica y ministerial.

Consciente de la importancia del tema y deseando que la credibilidad de este libro continúe con sus máximos niveles, invité al Licenciado en auditoria Ítalo Chicas, quien aparte de ser anciano de mi congregación, tiene más de 20 años de experiencia en la superintendencia de bancos de Guatemala para que nos pueda ayudar y dar algunos consejos al respecto, espero que dichos consejos sean de bendición para tu vida.

EL INGREDIENTE ECONÓMICO FINANCIERO EN LA QUÍMICA DEL AMOR (por Lic. Ítalo Chicas)

No puedo olvidar aquella lección de vida que mi suegro un día nos entregó a mí y a mi esposa, estando en un restaurante tomo su lapicero y alcanzó una servilleta del centro de la mesa, dibujando un corazón y haciendo un punto en el centro con magistral sabiduría dijo, el buscar a Dios es una columna fundamental, la institución del matrimonio es divina; seguidamente dibujo otro punto y añadió, la relación de la pareja para la procreación de los hijos es otra columna, pero no se olviden ella no lo es todo; y, seguidamente adicionó otro punto diciendo, la provisión económica es otra columna importante, de ella depende la satisfacción de los distintos anhelos del alma y la realización como pareja y de los hijos.   Hizo una pausa, llamando nuestra atención e inició a llenar el corazón de puntos al grado que el corazón casi se llenó y dejando la punta del lapicero en uno de los últimos puntos afirmó: estos puntos son los detalles que nunca les deben faltar.

En ese contexto, podemos ir al libro de Génesis, el cual es la sementera de las doctrinas y principios divinos, donde observamos a Dios estableciendo el matrimonio, como una institución divina, los bendijo diciendo: *Fructificad y multiplicad ... Gén. 1:22* Esta palabra multiplicar no solo se refiere a la procreación, sino que Dios les daría una provisión suficiente para su sustento, lo que es confirmado por la sabiduría cuando dice: *La bendición de Jehová es la que enriquece, y no añade tristeza con ella. Prov. 10:22*

Luego de esa breve introducción en el tema, un aspecto que debe quedar claro es entre lo económico y lo financiero. ¿Ha escuchado cuando se conforma un gabinete de gobierno que se nombra a un Ministro de Economía y también a un Ministro de Finanzas?, por supuesto, por cierto, los ministros a cargo de dichas carteras tienen funciones específicas y particulares. ¿Cuál es la diferencia entre ambos ministerios?, pues de forma breve diremos que el primero tiene como misión buscar que los recursos de un país apoyen al crecimiento de las unidades productivas en forma sostenida y sustentable; entre tanto, el segundo ministerio se encarga de la gestión eficiente y transparente de los ingresos y especialmente de los egresos de una nación, por lo que partiendo de esto podemos conocer que una herramienta utilizada por el Estado para la gestión económica y financiera es su presupuesto.

EL PRESUPUESTO FAMILIAR

La palabra economía deriva del griego *oikos* "casa" y *nomos* "regla" lo que significa "el gobierno de la casa", en ese sentido, se hace necesaria una administración sabia de los recursos para la generación de ingresos y la satisfacción de las necesidades, teniendo en consideración uno de los principios de la economía que establece que las necesidades son infinitas y los recursos limitados, por supuesto desde la perspectiva humana, ya que uno de los nombres de nuestro Dios es Jehová *Jireh*, el Dios de los recursos infinitos.

De aquí que el presupuesto familiar se constituye en una herramienta para gestionar la provisión de los ingresos, los

253

cuales se reservan o provisionan, primeramente, considerando el ejemplo de Abram quién entregó los diezmos a Melchisedec Sacerdote del Dios Alto, cuando retornó de la guerra y derrota de sus enemigos; y, como un reconocimiento, tal como lo dijo David: *porque todo es tuyo, y lo recibido de tu mano te damos (1ª. Cron. 29:14)*.

Seguidamente, el rubro del ahorro como mínimo un diez por ciento de los ingresos, lo cual se considera una buena práctica, sin faltar la asistencia a la esposa, atendiendo la amonestación del Apóstol Pablo cuando dijo: *Maridos, amad a vuestras mujeres, así como Cristo amo a la Iglesia y se entregó asimismo por ella Efe. 5:25;* la educación de los hijos, los gastos del hogar por orden de prioridad y, por último, el pago de las cuotas por inversiones en adquisición de activos fijos, en caso los recursos sean estables y suficientes.

Lo anterior deberá hacerse en un consenso de pareja, el esposo quién como cabeza deberá ser el proveedor para su familia, y la esposa, que de tener ingresos deberá aportarlos voluntariamente para el mantenimiento del hogar y, en esa química del amor, deberán pedir a Dios en oración sabiduría, ya que *con sabiduría se edifica una casa, y con prudencia se afianza; con conocimiento se llenan las cámaras de todo bien preciado y deseable. Prov. 23:3-4*

Esta palabra sabiduría es su transliteración del hebreo es /chokmah/ y tiene una amplia aplicación en la escritura; sin embargo, haremos referencia a algunos casos, ya que dicha sabiduría se aplica para desarrollar trabajos técnicos o de mano de obra calificada (Exo. 28:3), para desarrollar una planeación estratégica (Isa. 10:13), arquitectura del mobiliario del tabernáculo (Exo. 31:3,6), sabiduría en administración, tal es el caso de José en Egipto (Gén. 41:33).

Esta sabiduría, es la que debemos pedir a Dios en oración, Santiago dice: *Si alguno es falto de sabiduría demándela a Dios, el cual da a todos abundantemente y no zahiere (limita) Sant. 1:5* Esta capacidad proviene de Dios y estaba en José cuando interpretó el sueño de Faraón diciéndole: Por tanto, provéase ahora Faraón de un varón prudente y sabio, y póngalo sobre la tierra de Egipto.

Quieran los esposos, rogar a Dios que les provea esta sabiduría para que la provisión divina, obtenida a través del ejercicio de una profesión, desarrollo de una habilidad o de una destreza, o por rentas o dividendos tenga una aplicación y ejecución sabía que les pueda guardar y sustentar en los periodos de vacas flacas y de espigas menudas y marchitas.

Otro caso en la Escritura, es de todas aquellas mujeres sabias /chokmah/ de corazón hilaban de sus manos, y traían lo que habían hilado: cárdeno, púrpura, carmesí, o lino fino, esta sabiduría no está limitada solamente al varón, también la esposa debe pedir dicha sabiduría para la administración, ya que en la casa del justo hay gran provisión, por lo que dicha sabiduría la hará una mujer fuerte, en el consejo, en la administración, una mujer llena de energía y muy trabajadora que asegurará que sus negocios y los de su esposo tengan ganancia. Ella deberá ser un freno para la no adquisición de bienes que no traen la bendición de Dios.

No es el propósito enseñar a construir un presupuesto, sino a considerar lo que la Escritura nos enseñan para que utilicemos dicha herramienta como un instrumento de administración sabia, Jesús dijo que había que desarrollarlo sentado, es decir en reposo, ya que muchas veces cuando pensamos con ligereza dejamos a un lado los detalles y nos ganan las emociones, seguidamente a realizar una estimación de los ingresos, esto es la economía y seguidamente se presupuestan los gastos, esto es la ejecución financiera, esto es recomendable hacerlo para periodos cortos, un año con seguimiento mensual para revisar lo presupuestado y lo ejecutado, estableciendo los ahorros y las brechas o excesos en los gastos.

La falta del uso de esta herramienta conlleva a que los ingresos sean insuficientes para cubrir los gastos realizados, a lo que Jesús llamó que la insuficiencia en los flujos de efectivo produciría una burla de los que lo vean y en consecuencia produce al interior del matrimonio una frustración de no poder alcanzar a cubrir los gastos básicos o de anhelos propuestos como pareja. El esposo deja de dar la seguridad económica a la esposa y afecta la química del amor. Entre las diez principales causas de que la química del amor se desvanezca, se encuentra el dinero y al mismo, asociados otros factores que actúan como disparadores o hechos desencadenantes, tales como la falta de sabiduría en la ejecución del gasto, el estrés que produce el invertir tiempo y sacrificar la comunicación y convivencia de pareja por largas jornadas de trabajo para obtenerlo, además, estilos de vida superfluos, hipotecas y endeudamiento y sobreendeudamiento por uso incorrecto de tarjetas de crédito o préstamos, cuyas compras son por un consumo conspicuo o compras compulsivas, entre otros.

Todo lo anterior al no echar mano a la sabiduría divina, la Escritura dice: ***Y si alguno de vosotros tiene falta de sabiduría, pídala a Dios, el cual da a todos abundantemente y sin reproche, y le será dada. Sant. 1:5*** Esta sabiduría está disponible para aquel que la pide y ella misma da su voz diciendo: Porque, ¿quién de vosotros, deseando edificar una torre, no se sienta primero y calcula el costo, para ver si tiene lo suficiente para terminarla?

EL AHORRO: UNA PRÁCTICA SABIA Y RESPONSABLE

La mejor enseñanza sobre el ahorro la encontramos en el consejo de José a Faraón cuando le dijo: Y junten toda la provisión de estos buenos años que vienen, y alleguen el trigo bajo la mano de Faraón para mantenimiento de las ciudades; y guárdenlo.

Este guardar, requiere de una disciplina para poder allegar recursos en tiempos de abundancia, este principio aplica para la pareja como pequeñas o grandes corporaciones y también para individuos, sabiendo que siempre existe un día malo o periodos de vacas flacas. La provisión de José puso a salvo a Egipto y aun libró al pueblo de Israel de la hambruna que se experimentó en aquella tierra.

En Lucas 19:23, vemos a Jesús, cuestionando al mal siervo: ***¿Por qué, no diste mi dinero al banco, yo viniendo lo demandara con el logro?*** *L*o que da a entender que el haber puesto lo que recibió en una cuenta de ahorro hubiera resguardado y a la vez alcanzado un incremento por los intereses devengados y percibidos, pero al no hacerlo Jesús enfatizó sobre su irresponsabilidad.

La química del amor en la pareja está basada en la gestión responsable de la bendición recibida, pero muchas veces esta bendición se desperdicia por falta de sabiduría. Debe quedar claro que el ahorro será una fuente para cubrir aquellos gastos inesperados, extraordinarios o no presupuestados a los cuales se tendrá que echar mano y de esa manera no tener que recurrir a financiamiento. El usar un presupuesto no es falta de fe, evitará caer en la presunción.

EL USO SABIO DE LOS MEDIOS DE PAGO

El Efectivo

En el sistema económico que vivimos, el dinero es por excelencia el principal medio de pago de aceptación general, el cual es utilizado como un medio de intercambio común y generalmente aceptado por la sociedad para el pago de bienes, servicios y de cualquier tipo de deuda u obligación. Este únicamente permitirá que hagamos uso del efectivo percibido por nuestro ejercicio profesional, rentas y fuentes de capital para realizar los pagos.

Tarjeta de Débito

Otro medio de pago aceptado es la tarjeta de débito, la cual sirve para utilizar los fondos (dinero en efectivo) depositados en la cuenta corriente (cheques) o de ahorro a la que está asociada dicha tarjeta y sirve para retirar dinero en cajeros automáticos, consultar saldos y movimientos de la cuenta y también para realizar pagos en comercios, entre otros, la misma ahora tienen una aceptación nacional e internacional. De igual manera solo podrá hacerse uso del efectivo depositado y no puede hacer uso de un sobregiro o una utilización mayor del saldo depositado. Tanto el efectivo como el uso de tarjeta de débito tienen la característica que no representan la adquisición de deuda, en contraste con lo que es la tarjeta de crédito.

Tarjeta de Crédito

Este medio de pago representa la adquisición de un préstamo en la modalidad de línea de crédito revolvente, que un Banco Emisor o empresa de Tarjeta de Crédito otorga a un sujeto de crédito con el objetivo de que pueda adquirir bienes, servicios o el retiro de dinero en efectivo, entre otros.

La garantía otorgada en la adquisición es fiduciaria, con la simple firma de un contrato que por cierto está escrito en letra muy pequeña, que conlleva el cobro de membresía, una alta tasa de interés por el uso de financiamiento y de comisiones de diversa índole, pero sobre todo conlleva el uso del efectivo sin disponer de este, por lo que el uso que se haga de ella conlleva la obligación de reembolso del saldo utilizado a la fecha de corte y la cancelación en la fecha convenida. El no hacer el pago en las fechas pactadas y por el monto utilizado conlleva hacer pago de los altos intereses y comisiones, lo cual hace que sea un financiamiento oneroso.

El uso de pago mínimo permite cubrir principalmente los intereses y comisiones y una mínima parte de capital, que de seguir dicho patrón de pago, no permitirá a la persona salir del endeudamiento, esto hará que un pequeño saldo se convierta en una bola de nieve en crecimiento, no obstante estar pagando lo mínimo.

Todo lo anterior, lo hemos comentado, ya que el uso de tarjeta de crédito para financiar gastos que debieran cubrirse con una adecuada gestión económica de los ingresos de la pareja producirá en la química del amor, un incremento del estrés y a veces a desavenencias que producen una disolución de la química del amor.

Bien dice **Prov. 22:26-27 No estés entre los que tocan la mano, entre lo que fían por deudas, si no tuvieres para pagar, ¿Por qué han de quitar tu cama de debajo de ti?** Que sabiduría la que la Palabra de Dios nos enseña, nos hace una invitación a no recurrir al uso de la deuda ya que esto hará que se pierda el sueño y la adecuada química en la relación de la pareja.

Cuando se habla de la garantía fiduciaria o de un codeudor, al momento de estampar la firma se debe saber que el acreedor perseguirá al deudor en todo momento, de ahí la expresión bíblica cuando pregunta: ¿por qué te han de quitar la cama?, es decir, aunque se encuentre durmiendo el deudor, el acreedor lo estará persiguiendo.

El uso incorrecto y sin sabiduría de la tarjeta de crédito, cuando no se tiene efectivo para pagar, envuelve al tarjetahabiente en una esclavitud, al grado que expone su patrimonio y su récord crediticio al no poder ser sujeto de crédito o digno de confianza para adquirir en el futuro financiamiento, lo que está en concordancia con lo que dice ***Prov. 22:7 Y el que toma prestado, siervo es del que presta.***

El uso de la tarjeta debe hacerse con prudencia, da seguridad ya que no permite cargar el efectivo en la bolsa; algunas tarjetas tiene asociado programas de fidelidad con descuentos y entrega de puntos o millas que pueden ser cambiados por productos o servicios; sin embargo, es una potencial tentación que puede conllevar a una desestabilización del presupuesto familiar, ya que recursos que debieran utilizarse para cubrir las necesidades básicas se orienta al pago del financiamiento utilizado, razón por la cual el bien adquirido o el servicio recibido, al final es pagado con un alto costo financiero y muchas veces afectando la estabilidad del hogar.

Para concluir quisiera referirme a la historia que se narra en, donde encontramos aquella mujer que se allegó al profeta Eliseo diciendo: **Tu siervo mi marido es muerto; y tú sabes que tu siervo era temeroso de Jehová; y ha venido el acreedor para tomarse dos hijos míos por siervo 2ª. Reyes 4:1** La adquisición de financiamiento per se, no es mala, lo malo está en hacer uso de este sin un presupuesto que permita identificar los flujos de efectivo para cubrir la deuda a la tasa de interés y el plazo adquirido.

Se debe tener un balance y ser templados para la adquisición de bienes, la adquisición rápida usando financiamiento expone nuestros ingresos por lo que es mejor la espera paciente por la vía del ahorro ya que esto evitará dificultades para cubrir el presupuesto familiar.

Es conveniente comentar que la tarjeta de crédito no representa un incremento o extensión de los ingresos como muchas veces se percibe, ya que, en una sociedad de consumo, los mensajes dirigidos a su fomento hacen que muchas veces se recurra a ella para financiar la adquisición de ciertos gastos no presupuestados. Es conveniente recordar que es mejor buscar el incremento de los ingresos y mantener cero deudas.

El Préstamo Hipotecario

El mayor anhelo debe ser tener un hogar, los romanos se referían a una hoguera, donde el fuego de la química perdure y este protegido, pero para esto es necesario adquirir una casa o apartamento. El Rey David deseaba hacer una casa para Jehová; sin embargo; luego de exponer su deseo al profeta Nathan, Dios le envió una palabra diciendo: ***Asimismo Jehová te hace saber, que él te quiere hacer casa. 2ª Sam. 7:11***

Esta palabra casa está referida a la dinastía davídica, pero también la palabra casa se refiere a un edificio que alberga a una familia, habla de protección y seguridad. La adquisición de este bien puede ser un objetivo propuesto por la pareja y para ello la práctica más recurrente a nivel mundial es al financiamiento a través del préstamo hipotecario con garantía de un seguro.

Este es un proyecto que de presupuestarse sabiamente puede ser puesto como un objetivo estratégico de la pareja, lo cual da a los hijos una seguridad emocional, solamente deberán analizarse el flujo de los ingresos que se destinarán para el pago en el tiempo, la ubicación, maduración del proyecto para determinar su plusvalía en el tiempo y sobre todo el sacrificio que requiere el pago recurrente, ya que cada mes deberán tomarse de los ingresos los recursos para cubrir la cuota pactada.

Para concluir quisiera decir que la oración, adoración continua a Dios con alabanza y acción de gracias, hará que la química del amor sea perdurable y creciente en lo económico, debiendo también enseñar a nuestras almas que la bendición matrimonial es una promesa divina por lo que nunca debemos dejar de confiar en Jehová de todo nuestro corazón, no debemos estribar en la propia prudencia, debemos reconocerlo en todos nuestros caminos para que en los momentos de dificultad económica o escases Él enderece nuestras veredas. No debemos ser sabios en nuestra opinión ya que desconocemos la incertidumbre económica y sobre todo debemos honrarle con nuestra sustancia, con nuestras primicias para que podamos ver como el Señor llena nuestros graneros con abundancia y nuestros depósitos de su vino que nos dará su gozo y fortaleza.

Doy gracias al Licenciado y hermano en Cristo Ítalo Chicas por este gran e importante aporte hecho para el enriquecimiento de este libro y sé que será de mucha bendición para todos.

- 8 -

El Móvil y la Redes Sociales

... Él te librara del lazo del cazador Sal. 91:3

Como lo he mencionado antes, los teléfonos móviles y las redes sociales son una causa frecuente de separación y de divorcio y si no, por lo menos son causantes de grandes problemas y discusiones dentro de las parejas, tomando proporciones cada vez mayores.

Si bien es cierto es una gran herramienta tanto de trabajo como de comunicación, también es algo que interfiere en las relaciones personales de presencia y este problema no afecta solo a matrimonios sino nivel en general.

Creo que he tocado del tema en varios capítulos, pero quise dedicar este abordando el tema, un poco más de cerca. Muchas de las quejas que tienen sobre todo las esposas de sus maridos (aunque también pasa, al contrario) es el uso del teléfono móvil y las redes sociales.

Inicié este capítulo con un fragmento del verso 3 del Salmo 91, por que el móvil y las redes funcionan precisamente como eso: *"son como redes que atrapan a las personas, las hacen adictas y no solamente deterioran las relaciones si no también la salud"*.

Actualmente se conoce el efecto lesivo que el uso del teléfono tiene sobre la salud, antes de hablarte del efecto negativo sobre los matrimonios, como médico me parece importante mencionarte y alertarte también los problemas de salud del uso excesivo que estos dispositivos puede ocasionarte.

EFECTOS NEGATIVOS PARA LA SALUD

Más de 60 millones de personas cuentan con un teléfono inteligente y se cree que *la frecuencia media* con la que una persona normal desbloquea su teléfono para revisar notificaciones esta ochenta y ciento diez veces al día, llegando a registrarse casos de adicción extrema de llegar a desbloquearlo hasta 900 veces al día.

La mayoría de las personas, se aíslan del mundo exterior y se interiorizan en el mundo de sus móviles, esto se debe a que el móvil estimula el sistema de recompensas teniendo pendiente a las personas de la siguiente notificación, esperando que la misma traiga buenas noticias, un chiste o algo que pueda alegrarle el día. Dicho sistema de recompensas tal como lo hable en el primer capítulo (puedes ir a revisarlo más detenidamente) **es encargado de darnos pequeñas dosis o descargas de dopamina lo cual es causante de la adicción al móvil.** Las cifras de un estudio realizado por la empresa Emarketer en Colombia, calcula que una persona puede llegar a gastar al año más o menos 3 meses de su tiempo enganchado a los teléfonos móviles y las redes sociales. Esta cifra es mayor si hablamos de los *Millenials* (es decir, las personas nacidas entre los años 1980 y 2000) en quienes puede llegar a ser de hasta 4 meses, lo cual es la posible causa de los cambios y problemas de conducta de esta generación; sin contar el tiempo de ocio desmedido que esto está ocasionando en las nuevas generaciones.

Tal es la magnitud del problema que las propias compañías digitales han empezado a tomar cartas en el asunto creando aplicaciones que ayuden a controlar el uso de sus dispositivos y poder tener una mejor administración de su tiempo. Una de ellas es *screen time,* con la cual tú puedes ver en tiempo real cuanto tiempo le estás dedicando a tu móvil. Otra aplicación creada por Google es *"Google pixel"* con la cual puedes cuantificar cuantas notificaciones recibes al día y cuantas veces desbloqueas tú dispositivo.

Esta información y estas cifras son preocupantes y alarmantes ya que la mayoría de las personas no son consciente de ello.

Me pareció interesante hablarte de este tema no solo porque puede afectar tu matrimonio como veremos más adelante, sino también porque supongo que muchos de los que leen este libro tienen hijos y poder advertirles de estos problemas de suma importancia.

Las personas pertenecientes a las generaciones de los *Millenials*, (nacidos entre el 1980 y el 2000) son los más afectados por el momento ya que ellos han vivido casi toda su vida con este tipo de tecnología, pero un problema mayor se aproxima con los muchachos de *"la Generación Z"* (nacidos después del 2000) pues ellos nunca han vivido sin esta tecnología y nacieron en un tiempo donde la misma ya era bastante sofisticada. Estos niños y jóvenes han crecido con teléfonos o tabletas electrónicas como juguetes, muchos de sus padres han mal utilizado sus dispositivos para poder calmar sus berrinches.

Estos jóvenes no se imaginan un mundo sin tecnología, nunca se lo podrán imaginar siquiera, porque simplemente para ellos ese tiempo no existió o mejor dicho ellos no existían en esos tiempos.

Tiempos que muchos de nosotros pertenecientes a la *Generación X* (nacidos entre el año 1965 a 1979) o a los *Baby Boomers* (nacidos entre 1946 y 1964) *son tiempos* que incluso se añora.

Para los que no saben de lo que hablo les explico: Las personas dedicadas al *marketing* han clasificado a las personas por generaciones dependiendo de la fecha en que nacieron, según en la época en que nacimos compartimos ciertos gustos y tenemos ciertas preferencias ya que crecimos escuchando la misma música, viendo los mismos programas de televisión, tuvimos las mismas tendencias de modas y en teoría nuestra manera de ver la vida es muy similar.

En los últimos años ha surgido un término llamado "Nomofobia" que significa miedo a no tener celular derivado de NO-MOVIL-FOBIA el cual afecta a casi a todas las generaciones, pues hay incluso algunos de nuestros abuelos que están enganchados a su dispositivo. De este abuso en la utilización de los dispositivos móviles han surgido nuevos síndromes clínicos que describo a continuación de una manera breve:

Entre estos síndromes relacionados con los teléfonos móviles y también el uso de las computadoras tenemos los que afectan **las manos:** como el Síndrome de Quervain y el Síndrome de Klumpke o WhatsAppitis termino asignado por primera vez en 2014 y publicado en la Revista de salud Lancet, debido a el caso de una mujer española que iba a dar a luz y estuvo siendo felicitada por WhatsApp, esta mujer estuvo más o menos por 6 horas texteando y después de ello experimento una *tenditis severa* que le impedía mover los pulgares. Según informes de los centros de fisioterapia y rehabilitación sabemos que cada vez son más las personas que aquejan dolores en la manos y dificultad de movimiento sobre todo en los pulgares, que son precisamente los dedos que más se utilizan para textear. Esta dificultad se debe a una inflamación de algunos de los tendones de la mano o *tendinitis.* Esto no es lo mismo que "el síndrome del túnel del carpo" que es una inflamación del nervio mediano que además del dolor fuerte se caracteriza por tumefacción de la mano y dificultad para sostener cosas por mucho tiempo el cual está más asociado al uso de computadoras.

Otro síndrome asociado es el **Text Neck** (cuello de texto en castellano) o más conocido como síndrome del cuello roto caracterizado por dolor y rigidez de los músculos del cuello debido de igual manera a una *tenditis y contracturas musculares,* es debido a que la mayoría de personas cuando inclinamos la cabeza vamos agregando peso y fuerza gravitacional a los músculos del cuello, lo cual hace que los mismos se contraigan originando el síndrome que puede incluso cursar con dolores de cabeza y dolores fuertes de espalda. Mientras más inclines tu cabeza para ver tu celular mayor será el problema que este te generará en el cuello.

Otro problema causado por los teléfonos Móviles inteligentes (smartphones) y las redes sociales son **trastornos del sueño,** por varias razones, primero porque muchos pacientes están tan enganchados a sus dispositivos que pierden la noción del tiempo y pueden estar hasta la madrugada revisando notificaciones, revisando sus redes o testeando.

Existe una hormona que regula el sueño llamada

melatonina la cual es segregada en la glándula pineal en el cerebro, dicha hormona es liberada en un ciclo circadiano y es muy sensible a los estímulos de luz, es decir su producción se estimula en la noche o sea en la oscuridad y se suprime en el día debido a la luz.

La luz que emiten estos dispositivos afecta la producción de esta hormona.

Esto último puede afectar tu matrimonio, ya que utilizas tiempo que tendrías que compartir con tu pareja para compartirlo en el mundo de tu móvil, además, el hecho de no dormir bien te causará problemas de estrés y ansiedad. Esto a su vez te tendrá de mal humor, tus niveles de tolerancia bajarán, y estarás más irritable y por ende más propenso a sobre reaccionar.

También en los últimos años se ha visto que la actividad en los niños ha disminuido comparado a la actividad de los niños de generaciones anteriores.

Presentando hoy en día, las tasas más altas de **obesidad infantil**, algunos nutricionistas han asociado este problema no solo a una dieta desmedida llena de carbohidratos, grasas y exceso de azúcar en los alimentos si no también al sedentarismo causado por la adicción a los dispositivos móviles. Algunos incluso se atreven a nombrar a este síndrome como *obesidad digital*.

Los problemas de comportamiento es algo a lo que psicólogos, maestros e incluso los mismos padres se enfrentan y todo tiende a empeorar si no ponemos cartas en el asunto. Pero además de que esto, puede **afectar el comportamiento** de los niños, también afecta el de los adultos.

Muchas personas incluso sienten problemas de soledad e incluso depresión cuando no están conectados a las redes o a un dispositivo móvil.

Como podemos ver los problemas que genera para tu salud y la de tus hijos, no son para nada despreciables. Albert Einstein dijo: *"Temo el día en que la tecnología sobrepase nuestra humanidad; ese día el mundo solo tendrá una generación de idiotas"*.

Por si esto te parece poco, los problemas visuales originados del uso de los dispositivos móviles son otro problema por el cual deberías modificar su uso e intentar tener una vida más libre de tu *smartphone* y las redes sociales. Finalmente, te diré que, aunque los estudios aún no han sido concluyentes se ha evidenciado que en los últimos 15 años **la incidencia de tumores cerebrales ha aumentado,** algunos neurólogos proponen como hipótesis probable que el aumento de impulsos electromagnéticos que los teléfonos emiten podría estar relacionados, como te repito es algo que aún no se ha comprobado, pero al ser una probabilidad pienso que tendrías que tomar medidas y disminuir el uso del móvil.

Si, Lo primero que haces en la mañana es revisar tu celular, si lo último que haces en la noche es revisar tu celular, si sientes necesidad de revisarlo inmediatamente cada vez que tu teléfono móvil te indica que ha llegado un mensaje de WhatsApp o una notificación de tus redes sociales, si sientes que no puedes salir de tu casa sin tu celular y sientes miedo a estar sin él. Si tienes la impresión de que tu celular vibra o suena, cuando en realidad no lo hace; podrías estar presentando *una adicción y una conducta obsesiva compulsiva* por el uso de tu teléfono móvil inteligente, por lo que te recomiendo que urgentemente hagas cambios drásticos al respecto.

La tecnología es necesaria y nos puede ayudar y facilitar la vida en muchas áreas, sin embargo, hemos de tener cuidado en guardar un equilibrio de tal manera que:

Nosotros manejemos la tecnología y no que la tecnología nos maneje a nosotros.

Ahora hablando desde el punto de vista que nos compete acerca del teléfono móvil inteligente y las redes sociales en relación con el matrimonio también diremos que es un instrumento que ha causado muchos problemas, los sigue y los seguirá causando. He iniciado este capítulo con una parte del verso 3 del Salmo 91: *Él te librara del lazo del cazador*. Si descomponemos esta oración y analizamos cada una de sus partes por separado, encontramos: un cazador, un lazo, una presa y un libertador.

Analicemos primeramente al cazador el cual es una persona que se dedica a cazar. Hemos de entender que el cazador vigila a su presa, la estudia, analiza sus movimientos y de ser posible analiza sus rutinas. Normalmente actúa en oculto, difícilmente veremos a un cazador experto salir corriendo, haciendo mucho ruido. No, normalmente lo vemos actuar sigilosamente, en silencio, no permite que por ningún motivo su presa se percate de su presencia.

La Biblia dice que el diablo anda como león rugiente viendo a quien devorar.

Es decir, el diablo anda en papel de cazador, cuando la Palabra de Dios nos hace esta alegoría, inmediatamente debemos pensar en la manera que un león se esconde entre la maleza y observa al rebaño o grupo de animales que atacará. Todos hemos visto alguna vez algún documental en donde dicen que el león puede estar incluso por días observando a su presa antes de atacar.

Normalmente ataca a los animales débiles, a los viejos, a los heridos o a los muy jóvenes.

De la misma manera que un cazador, (el enemigo) está esperando el momento en que tú y yo, nos descuidemos para atacar, puede que este observando por mucho tiempo tus movimientos y tus debilidades y discretamente en oculto cuando menos lo esperes atacará. El lazo es la trampa o el señuelo que utiliza para poder primeramente atraer a su víctima y cuando ésta cae en dicha trampa o señuelo *le ataca mortalmente* en la mayoría de los casos.

Recuerda que estoy hablando sobre el teléfono móvil y las redes sociales que son realmente eso redes, señuelos, trampas, lazos que el enemigo utiliza para hacer caer a muchos.

Muchos matrimonios tienen problemas originados por el uso excesivo o en oculto de los teléfonos. Esto por una parte hace que las personas que son celosas puedan estar viviendo un verdadero infierno ya que cada vez que ven a sus cónyuges en el teléfono piensan e imagina muchas cosas que quizá ni siquiera están pasando, pero por otro lado son realmente el señuelo perfecto para que cualquier persona pueda caer presa en las garras del león rugiente. Con los teléfonos móviles nunca fue tan fácil actuar en oculto, sigilosamente y atacar sin que ni siquiera puedas percatarte del ataque sino hasta que ya estas atrapado en las bien llamadas redes del cazador, es decir del enemigo.

Son millones de matrimonios que han roto su relación a

causa de esta moderna manera de relacionarnos.

Evidentemente cuando hablamos de *"presa"* me refiero a cada individuo. Recuerda: *"el ladrón ha venido para matar, robar y destruir"* y que mejor blanco que *destruir* a los matrimonios que son la base de la sociedad. Es preocupante ver como la institución divina del matrimonio está a punto de ser abandonada por las parejas postmodernistas. Muchos jóvenes hoy en día optan por la *"unión libre"*, que lo llevan "no al compromiso", libres de responsabilidades paternales, emocionales y económicas. No tienen problemas porque una vez que se aburran, pasan a otra experiencia y así poco a poco el sagrado vínculo del matrimonio va quedando en desuso. Cuando haces una pequeña búsqueda por internet no pasará mucho tiempo para que encuentres muchos artículos que te hablan no solo sobre las cifras de separación y divorcio si no que la sociedad ha llegado al extremo que hay países donde anualmente hay más divorcios que matrimonios y una considerable cantidad de estos se debe a los teléfonos "inteligentes" o smartphones y las redes sociales.

He de decir que definitivamente todas estas herramientas, aparatos y tecnología nos facilitan mucho la vida y si se usa de una manera equilibrada y correcta son grandes aliados; por ejemplo, durante la pandemia del Coronavirus han jugado un papel protagónico en cuanto a la manera en que la palabra de Dios pudo ser impartida por todo el mundo. Sin embargo, no podemos cerrar los ojos ante tan grande realidad y reconocer que la mayoría de las personas le dan un uso desmedido y en muchos casos inadecuado.

Ahora bien, en el pasaje mencionado, también existe una promesa y es que *Él te librará...* ¿quién? El libertador. Dios nos habla de muchas maneras y puede ser que en este momento este utilizando este libro para hablarte como dice el libro de Job: *Sin embargo, en una o en dos maneras habla Dios; Mas el hombre no entiende. Por sueño de visión nocturna, Cuando el sueño cae sobre los hombres, Cuando se adormecen sobre el lecho; Entonces revela al oído de los hombres, Y les señala su consejo; Para quitar al hombre de su obra, Y apartar del varón la soberbia. Detendrá su alma de corrupción, Y su vida de que pase a cuchillo. También sobre su cama es castigado Con dolor fuerte en todos sus huesos, Que le hace que su vida aborrezca el pan, Y su alma la comida suave. Su carne desfallece sin verse, Y sus huesos, que antes no se veían, aparecen. Y su alma se acerca al sepulcro, Y su vida a los que causan la muerte. Si tuviera cerca de él Algún elocuente anunciador muy escogido, Que anuncie al hombre su deber; Que le diga que Dios tuvo de él misericordia, Que lo libró de descender al sepulcro, Que halló redención: Enterneceráse su carne más que de niño, Volverá a los días de su mocedad. Orará á Dios, y le amará, Y verá su faz con júbilo: Y él restituirá al hombre su justicia. El mira sobre los hombres; y el que dijere: Pequé, y pervertí lo recto, Y no me ha aprovechado; Dios redimirá su alma, que no pase al sepulcro, Y su vida se verá en luz. He aquí, todas estas cosas hace Dios Dos y tres veces con el hombre; Para apartar su alma del sepulcro, Y para iluminarlo con la luz de los vivientes. Job 33:14-30* Así que si oyeres hoy su voz no endurezcáis tu corazón.

Dios te hablará con palabras blandas, con cuerdas de amor, para que tu puedas escapar del lazo del cazador, sin embargo, si tu no escapas por tu vida (porque juntamente con la tentación dará también la salida) y te quedas a enredarte en el lazo o en la trampa del cazador, tus consecuencias y las de tu familia pueden ser catastróficas, ya que como te lo he mencionado antes en algún lugar.

Puede que te separes de tu esposa e incluso puede que te divorcies, pero las consecuencias, las peleas por los acuerdos económicos, las luchas por la custodia de los hijos y el desgaste psicológico que esto te provocará deberían hacerte reflexionar.

Cuando inicie a escribir este libro nunca paso por mi mente escribir algo al respecto y menos dedicar un capítulo a este tema, pero estoy convencido que el Espíritu Santo ha hecho su trabajo inspirando este mensaje, ya que después de leerlo una y otra vez creo que soy el primer sorprendido por el contenido de este. Realmente espero en Dios que esta palabra no sea palabra de hombre y que el mensaje llegue al corazón de alguna de las personas que tengan oportunidad de leer este libro.

- 9 -

El Verdadero Amor

Existen muchos versos y poemas románticos donde tanto hombres como mujeres expresan sus más grandes sentimientos por el ser amado. Pero creo que el verso y poema más grande que cualquiera de nosotros pueda leer al respecto está en 1 Corintios 13:4-8

LA PREEMINENCIA DEL AMOR

4 El amor es sufrido, es benigno; el amor no tiene envidia, el amor no es jactancioso, no se envanece;
5 no hace nada indebido, no busca lo suyo, no se irrita, no guarda rencor;
6 no se goza de la injusticia mas se goza de la verdad.
7 todo lo sufre, todo lo cree, todo lo espera, todo lo soporta.
8 El amor nunca deja de ser; pero las profecías se acabarán, y cesarán las lenguas, y la ciencia acabará. (Y haré un énfasis) **EL AMOR NUNCA DEJA DE SER.**

En este verso está el más precioso de los poemas, me agrada escribir, hacer versos y también poemas y lejos de todas las palabras bonitas que se pueden escribir en un poema en este pasaje bíblico que quizá ni siquiera tiene rimas, pero está lleno de la esencia del *verdadero amor*. De

283

un amor sin igual, este es el amor que necesita un matrimonio, aprendamos estos versos de memoria, repitámoslos una y otra vez en voz alta y en nuestra mente. Se que hay muchas parejas felices y seguro estarán diciendo yo ya hago eso, pero este libro lo he escrito para el gran porcentaje de parejas que se separan (no olvides que es de hasta el 70% en algunos países) para aquellas parejas que están lidiando con sus matrimonios y quieren salvarlos o para aquellas que quieren tener un matrimonio más estable.

El verdadero amor es hacerlo como lo hizo Cristo con nosotros, un amor incondicional, un amor que hizo un pacto un día y que jamás lo ha roto, siempre está dispuesto a amarnos, aun cuando nosotros seamos infieles el permanece fiel.

Además, el amor de Cristo es lo mejor que podemos encontrar, todas las personas fallan de una u otra forma, pero el único que jamás falla es Dios. Claro esto lo has escuchado mil veces lo sé, pero la pregunta es: ¿le has encontrado? ¿Tienes una estrecha relación con Él? La pregunta obedece a que estoy seguro de que cuando logras encontrar ese verdadero amor, eres feliz por dentro y haces felices a los que te rodean. No necesitas la aprobación y la gratificación de nadie, te sentirás completamente recompensado y satisfecho con hacer las cosas bien para él.

Cristo es capaz de generarte la mayor producción de

Serotonina, es la mayor fuente de alegría y felicidad que cualquier persona puede experimentar, Él es la cura para cualquier estado depresivo que pueda venir a tu vida. Estar enamorado de Cristo es de las experiencias más gratas y satisfactorias que cada día puedes tener, pensar en Él en todo momento, pensar en agradarle en todo momento, es lo que todos necesitamos. ***Venid a mí todos los que estáis trabajaos y cansados porque yo os hare descansar Mt 11:28***

Cuando te involucras a servir en su obra, ten por seguro que eso traerá a tu vida una serie de satisfacciones imposible de describir.

Uno de los frutos del Espíritu es el amor y la tolerancia, es decir estar llenos de su Espíritu nos dará tanto amor como tolerancia.

Lo que ha sucedido con algunos, es que han dejado el primer amor y no hablo del amor al cónyuge, me refiero al primer amor que una vez experimentaste con Cristo.

Reaviva tus experiencias con Dios, amístate con Él y tendrás paz. Recuerda, una de las características de la *Serotonina* es hacerte tolerante, pues déjame decirte que llenarte de su Espíritu traerá como fruto la tolerancia, pero no solo eso también te llenarás de amor, paz y mansedumbre (leer Gálatas 5:22-23) que son indispensables para nuestras relaciones no solo con nuestros cónyuges, también con todas las personas.

El vivir en su presencia traerá a tu vida momentos y vivencias que nunca olvidarás, y que solo la puedes experimentar en su intimidad.

Los milagros que experimentas andando en el Camino del Señor hará que tu vida se llene de satisfacción. Con Cristo siempre estas a la expectativa, esperando de que cosa nueva, hará o con que milagro te sorprenderá.

La Biblia dice: *"en el mundo tendréis aflicción mas no temáis, porque yo he vencido al mundo".* Esto no quiere decir que nunca tendrás problemas, esto significa que, aunque tengas problemas Él los resolverá, el peleará por ti, Él te defenderá y tu vencerás porque en Cristo somos más que vencedores.

He visto una y otra vez como su poder se manifiesta dando aquella sensación de victoria que te genera pulsos altos de *dopamina*. Como ejemplo quisiera contarte: Mi hija que actualmente tiene 19 años fue diagnosticada cuando era de aproximadamente 7 años de dos enfermedades oculares hereditarias que yo padezco que son: miopía y astigmatismo, razón por la cual tenía que usar gafas o lentes graduados. En varias ocasiones ella me dijo papi no quiero usar gafas, seguramente no se sentía ni cómoda, ni guapa (risa). Le dijimos pídele a Dios y Él puede hacerlo, religiosamente todos los domingos (TODOS) en la noche; ella pasaba a la oración por enfermos que se hace durante el servicio de santa cena en la Iglesia **Puerta Del Cielo,** ciudad de Guatemala. Donde nos congregamos habitualmente. Un lunes ella se acercó a mi esposa y a mí y nos dijo: - "Papi no veo bien, estoy viendo algo borroso", inmediatamente pensé y le dije, seguramente te aumento la graduación; entonces, hicimos cita con un oftalmólogo amigo mío quien la reviso y examino cuidadosamente, le hizo varias pruebas e incluso le dilato las pupilas, al cabo de un rato mi amigo salió y nos dijo:

- "tu hija no necesita gafas, tiene visión perfecta 20/20". Al oír eso respondimos: ¿Qué? Mi esposa y yo exclamamos, brincábamos y gritamos llenos de alegría y corrimos a abrazarla y le decíamos ¡Dios te sano, Dios te sano! ¿Te imaginas la emoción que produce una noticia así? Son descargas de *Dopamina* que difícilmente el mundo o cualquier persona te puede dar. Podría seguir contándote no uno, ni dos, si no muchos testimonios de como Dios se ha movido en nuestras vidas y en nuestra familia dándonos victoria, tras victoria, provocándonos esos momentos de alegría y de euforia (descargas de *serotonina y dopamina*) tras saber que Él lo hace una y otra vez, a su manera con su peculiar forma maravillosa y milagrosa de actuar.

Por otro lado, quiero decirte que nadie podrá consolarte como lo hace Cristo, nadie podrá abrazarte y hacerte sentir protegido y amado como lo hace Él:

El cual nos consuela en todas nuestras tribulaciones, para que podamos también nosotros consolar a los que están en cualquier tribulación, por medio de la consolación con que nosotros somos consolados por Dios 2 Cor 1:4

Hace poco más de un año, pase uno de los momentos más tristes de mi vida, mi padre quien había estado muy enfermo falleció, todos los que han pasado por la pérdida de alguno de sus padres saben a qué me refiero. El dolor de la perdida de mi padre es el dolor más grande que he experimentado en mi vida. Cuando esto sucede no hay nada y no hay nadie que pueda consolarte y hacerte sentir bien y mira que siempre he sido una persona fuerte y a decir verdad nunca pensé que la perdida de mi querido padre me fuera afectar tanto, pero la tristeza y la depresión son tan grandes que ni todas las personas del mundo juntas pueden decirte algo que pueda consolarte. Definitivamente creo en Dios, creo en que él había pasado de muerte a vida, sabía que él está en un mejor lugar, pero aun así la tristeza era grande. Amigos, hermanos de mi congregación me llamaban y me daban tantas palabras que poco efecto tenían en mí, de cara a la gente, a mis hijos y a mi familia presentaba una cara fuerte y de resignación, muchos pensaban que lo había asimilado muy bien, pero no era así, lo que estaba pasando por dentro era muy fuerte. Los días pasaban e iba mejorando, pero a un paso muy lento.

Una noche mientras dormía tuve un sueño en el cual llegue a la habitación de mis padres y vi acostada a mi madre sola en la cama y le pregunte (en el sueño) mamá, ¿dónde está papá? y ella respondió: - ya sabes cómo es él, se fue a trabajar. Y yo le respondí: - "pero él estaba muy enfermo, no podía paratse y caminar por sí solo, y ella me dijo: - "pero ... no lo busques aquí, él no está, él se levantó y se fue".

En ese momento desperté (eran aproximadamente las 3:30 de la madrugada) e inmediatamente vinieron a mis dos pasajes de la escritura, el primero: *y como tuvieron temor, y bajaron el rostro a tierra, les dijeron: ¿Por qué buscáis entre los muertos al que vive? Lc. 24:5* y el segundo: *Le dijo Jesús: Yo soy la resurrección y la vida; el que cree en mí, aunque esté muerto, vivirá. Y todo aquel que vive y cree en mí, no morirá eternamente. ¿Crees esto? Jn. 11:25-26* Inmediatamente el Señor habló a mi interior y me dijo: - "...ya no sigas triste, ¡tu padre vive! ...Yo lo sabía, muchas personas me lo dijeron, pero la manera en que lo hizo el Señor fue tan comprensiva, tan empática, pude sentir su amor desbordándose a mí y sus palabras de consolación fueron suficientes para liberarme de la tristeza y la depresión de la cual estaba siendo afectado, sus palabras me hicieron sentir bien nuevamente y volver a mi estado normal.

Todas las personas que me conocen saben que soy muy

positivo y siempre creo que todo saldrá bien, porque confío en la palabra de Dios que dice: *a los que Dios aman todas las cosas ayudan a bien,* a eso me refiero con volver a mi estado normal.

Solo la consolación de mi Padre celestial pudo liberarme y darme libertad.

Sentir su abrazo, su consuelo y saber que Él me entiende y que siempre estará ahí con las palabras exactas en el momento preciso en que yo las necesito, me hacen sentir apego por mi Dios al igual que la *oxitocina* lo hace con los abrazos y cuando nos estrechamos las manos.

Pero fuera ya de neurotransmisores y hormonas que interactúan en el amor, quiero decirte que no necesitamos dinero, no necesitamos riquezas, ni bienes materiales, tampoco necesitamos una persona externa para ser felices, solo necesitamos *el amor de Cristo en nuestras vidas.* Ese amor nos hará felices, conformes, ese amor es el que nos hace amar sin esperar nada a cambio, *ungiste mi cabeza mi copa está rebosando Sal. 23:5*, con Cristo llenando nuestros corazones siempre tendremos nuestra copa llena y el tener nuestra copa llena, hará que estemos dispuestos más a dar que a recibir, porque entenderemos que es más bienaventurada cosa dar que recibir. Jamás vendremos con la sensación de copa vacía necesitando que algo o alguien la llene.

Ni el mejor trabajo, ni todos los bienes adquiridos o por adquirir podrán llenarte jamás de tanta dicha y felicidad con que Cristo lo hará.

Cuando resucitas a Cristo en ti en tu manera de vivir, cuando le entiendes y empiezas a pensar como Él, también empiezas a actuar como Él. Con ese amor que lo llena todo, serás capaz de ser *la mejor versión de ti cada día*, Él te llenará de su luz y tu mejora constante siempre se hará ver en ti, reflejarás su hermosura pues *el corazón contento hermosea el rostro.*

El anhelo de Cristo en nosotros es que fuéramos o hiciéramos cosas mayores que Él: ***De cierto, de cierto os digo: El que en mí cree, las obras que yo hago, él las hará también; y aún mayores hará, porque yo voy al Padre.***

Y todo lo que pidiereis al Padre en mi nombre, lo haré, para que el Padre sea glorificado en el Hijo. Si algo pidiereis en mi nombre, yo lo haré. Jn. 14:12-14

El anhelo de Dios para nosotros es que seamos mejores, que hagamos cosas mayores y contamos con la ayuda de Cristo y de su Espíritu Santo, ***amado yo deseo que seas prosperado en todas las cosas y que tengas salud, así como tu alma está en prosperidad 3 Jn. 1:2***

Su deseo es que seamos prosperados, una vez hemos puesto a Cristo por prioridad (que es el inicio de todo éxito)

291

haremos las cosas para agradarle a Él *Y todo lo que hagáis, hacedlo de corazón, como para el Señor y no para los hombres; Col.3:23*

Pero ten la seguridad que si haces todo primeramente para agradar a Dios el estará contigo y eso se notara, agrademos a Cristo que es el verdadero amor, el amor que nunca cambia, el amor que nunca falla y encontraremos reposo para nuestras almas.

Ten fe y ten la certeza que Dios es capaz de enderezar todo lo torcido y de hacer sendas donde no las hay, para Él nada es imposible.

Ahora bien, ten mucho cuidado en como interpretas esto, porque muchas personas ponen de pretexto para no atender a sus cónyuges, el hecho de estar sirviendo y agradando a Dios, manifiestan un parcial o total desinterés a sus esposos/as, el equilibrio es importante.

Cumple tus obligaciones con tu cónyuge, pero ten a Dios en primer lugar.

Los frutos, resultado de someter tu vida a Cristo harán que también entiendas que no puedes hacerle a nadie lo que no quieres que hagan contigo.

Finalmente decirte que: Cristo es el verdadero amor, nadie

nos amara como Él, nadie nos protegerá como Él, nadie dará su vida por nosotros como lo hizo El y si ponemos a Él como el centro de nuestro matrimonio, Recuerda el consejo que se le dio a Josué: *El libro de aquesta ley nunca se apartará de tu boca: antes de día y de noche meditarás en él, para que guardes y hagas conforme á todo lo que en él está escrito: porque entonces harás prosperar tu camino, y todo te saldrá bien Jos.1:8*

Cristo al igual que la *serotonina* te dará la alegría, la felicidad, la paz, la tolerancia que necesitas, al igual que la *Dopamina* te dará emociones inigualables, la sensación de ganar y de vencer cada día, (Josué 1:5), con todos los milagros y maravillas que hará en favor de ti y de los tuyos, al igual que la *oxitocina* te dará el afecto, el consuelo y el abrazo que necesitas en esos momentos de dolor, pero también el abrazo en esos momentos en los que puedes conectarte espiritualmente ante su presencia y te olvidas de todo lo superfluo y lo vano de esta vida. Al igual que la *adrenalina* te dará momentos de acción y de emoción, quiero decirte que el servirle a Dios me ha permitido viajar por muchos lugares, conocer a muchas personas, mi vida en Cristo nunca ha sido y estoy seguro de que nunca será monótona, mi vida en Cristo siempre ha estado en movimiento y en ascenso. *(Filipenses 3:12-14)*

Y ahora permanecen la fe, la esperanza y el amor, estos tres; pero el mayor de ellos es el AMOR. 1 Cor. 13:13

PALABRAS FINALES

Cuando inicié a escribir este libro pensé en escribir un pequeño manual con algunos consejos, sin embargo, viendo hacia atrás y después de revisarlo no sé cómo me las he arreglado para poder escribir tanto material. Espero en Dios que sea de bendición a tu vida y que realmente este libro cumpla su propósito que fue: *mejorar las relaciones conyugales, restaurar matrimonios y dar consejo a los matrimonios jóvenes e incluso a los jóvenes futuros que próximamente contraerán nupcias.*

Que el Señor te bendiga, primeramente, quiero darle gracias a Dios por haberme permitido el privilegio de plasmar en este libro algunas palabras y consejos que puedan ayudar a los matrimonios y segundo darte gracias a ti por haber concluido la lectura de este libro.

El llegar a esta fase del libro me llena de mucho gozo, pues como te he dicho, cuando empecé a escribir, tenía en mente un pequeño folleto de unas cuantas hojas, pero a medida que escribía encontraba una inspiración nueva cada día, en las noches cuando dormía una nueva idea surgía, interrogando a algún paciente o alguna pareja en la clínica, el poder atender alguna necesidad de esta índole con los hermanos de mi congregación, llegar a mi casa y conversar con mi esposa, ver alguna noticia o leer algún artículo en alguna revista al respecto, que muchas veces llegaban fortuitamente, como si yo las estuviera pidiendo o buscando, lo cual me sorprendía cada día, solamente hacia una cosa: **enriquecer mis ideas y dar más inspiración para escribir, pero a la vez me comprometían más y más con este proyecto, pues sé que Dios estaba en el asunto.** ¡Luchemos para que el matrimonio y la familia sigan siendo la base de nuestra sociedad!

Los matrimonios cristianos hemos de ser un ejemplo a la humanidad, es mi deseo poder algún día recibir testimonios y buenos comentarios sobre lo expuesto en este libro, pero sobre todo me alegraré mucho de saber que pude contribuir con alguno de ustedes a tener matrimonios exitosos, teniendo claro que el éxito no se refiere precisamente al dinero, sino, también y sobre todo a la plenitud y felicidad que ambos alcancen mientras se hacen cómplices de aventura y amigos en este peregrinaje en el que todos vamos por la vida.

Gracias, bendiciones, un abrazo, Dr. Edison De León.